眠りの森クリニックへようこそ

〜「おやすみ」と「おはよう」の間〜

田丸久深

眠りの森クリニックへようこそ

「おやすみ」と「おはよう」の間

contents

夢を見た。
色のない夢だった。
黒い服を着た人々が話しかけてくるが、言葉が聞き取れない。
みな一様に顔がぼやけ、ぽっかりと開いた口ががらんどうの闇をのぞかせていた。
こわい。
逃げたい。
そう思うが、身体がすくんで動かない。
誰かに助けてほしい。名前を呼ばなければ。
けれど、誰の名前を呼んでいいかわからない。
夢の中の自分は、いつも誰かを探している——

「……また、嫌な夢」

草木も眠る丑《うし》三つ時。有間薫《ありまかおる》はベッドの上でうんざりと呟《つぶや》いた。

豆電球を消した部屋は暗いが、カーテンの隙間からかすかな光が差し込んでいる。窓のすぐそばにある外灯は、真夜中も煌々《こうこう》と夜道を照らしていた。

パジャマが汗でぐっしょりと濡《ぬ》れている。湿気を吸った布団が気持ち悪く、薫は寝室を出て台所に向かった。

居間の明かりはつけぬまま、流し台の電気をつける。切れかかった蛍光灯の下、コップに水を汲み、それを飲んでようやく落ち着いた。

朝晩は冷え込む季節。ストーブを切った部屋は寒く、薫はパジャマの上から己《おの》が身を抱く。

ホットミルクでも飲もう。

頼りない明かりのもと、冷蔵庫を開けると中はほとんど空だった。半額シールのついた惣菜を横目に牛乳パックを取り出し、マグカップに注いだ。

電子レンジに入れる前に、ひと口。そこで異変に気づいた。

「牛乳が……苦い？」

消費期限を確認するが、切れていない。寝ぼけ眼で薫は冷蔵庫を漁《あさ》った。

出るわ出るわ、期限切れの食料品。野菜室のケースからえのきだけの袋が見えた。存在を忘れ去られ、庫内で眠っていたのだろう。

水分が抜けてパサパサになっているに違いない。あるいは、姿かたちもなく液状化しているか。なれの果てを想像しながら、薫はおそるおそる手に取った。

「……えのきだけが、育ってる？」

小ぶりな傘はどこへやら。巨大化したえのきだけが禍々《まがまが》しい存在感を放っていた。

眠気も吹っ飛ぶ衝撃だった。

冷蔵庫は決して、野菜を育てる場所ではない。ましてやきのこが成長するには、それなりのあたたかさが必要になる。

つまり、庫内が冷えていないということ。

「冷蔵庫が、壊れた……？」

呟きとともに、薫はその場にへなへなと崩れ落ちた。

暦は五月に変わり、大型連休が終わったばかり。

給料日まであと半月。夏のボーナスは、遠い。

「どうしよう、お金がない……」

有間家の台所事情はいつも火の車だった。

1

木曜日の家計簿

「とりあえず、お腹《なか》こわす前に気がついてよかったね」

薫がことのあらましを話し終えると、同僚の宮田晴美《みやたはるみ》が苦笑まじりにそう言った。

「胃腸が丈夫な身体でよかったです」

嘆息を漏らしながら、薫は受付の机につっぷす。シュシュで束ねた髪が肩を滑り落ち、ゆるくうねった毛先が頬をくすぐった。

「こないだお給料が入ったばかりなのに、出費を思うと気が重いです……」

「でも、いまの冷蔵庫を使い続けて、傷んだものを食べたら大変よ？　病院にかかるお金を思えば、潔く新しいものを買ったほうがいいわよ」

薫と同じ桜色の白衣を着た晴美は、パソコンのキーボードを叩《たた》きながら正論を述べる。リップラインで切りそろえた黒髪が、彼女のはっきりとした性格を際立たせていた。

寒さ厳しい冬を終え、エゾヤマザクラの開花で春をむかえたのは四月下旬のこと。花の盛りは大型連休で終わり、新緑の季節を迎えた五月は草木が若葉の深さを日ごと増している。

うららかな春の訪れとは裏腹に、薫の心は木枯らしが吹き荒《すさ》んでいた。

「せめて冬の間に壊れてくれたら、雪に埋めて冷やせたのに……」

「電子レンジや洗濯機なら急ぐ必要もないけど、冷蔵庫だけは二四時間フル稼働よね。仕事が終わったら、街中の電器屋さんをまわって一円でも安く買うしかないわ」

薫が未練がましく机にしがみついていると、ふいに受付の電話が鳴った。

「はい、眠りの森クリニックです」

身体を起こし、受話器をとる。その機敏な対応を見て、晴美が声を出さずに笑った。

「……あの、はじめて電話をする者なんですけど」

若い女性の声だった。薫は落ち着いた声色で相槌《あいづち》を打ち、患者の話に耳を傾けた。

札幌市を見守る藻岩山《もいわやま》の麓、市電ロープウェイ入口駅から徒歩五分。急こう配の坂道を登った先に、「眠りの森クリニック」はある。

赤レンガの正門をくぐった先、うっそうと生い茂る木々に囲まれ鎮座するのは、意匠をこらして設計された近代建築の民家。やわらかなクリーム色の壁と、空よりも深い青色の屋根が教会のようにも見えるが、扉の向こうにあるのは受付のカウンターだ。薫たち医療事務員が笑顔で迎えるここは、民家をリノベーションした診療所だった。

「そちらに睡眠外来があるって聞いたんですけど、具体的に、どういう症状だと診察してもらえるんでしょうか……」

こういった問い合わせが来るのは日常茶飯事だ。いつも電話口で説明している言葉を、薫は滑らかに唇に乗せた。

「当クリニックでは、眠りに関する症状を幅広く診察しています」

人生の三分の一の時間を占める睡眠。世の中の五人に一人は眠りの悩みを抱えているといわれる。数年前に開業した眠りの森クリニックには、日々悩める患者が訪れていた。

「診察は大人だけでしょうか？　相談したいのは子どものことなのですが……」

「もちろん、お子様の診療も受け付けていますよ」

患者の抱える悩みは様々であり、一般的な睡眠障害のほかにも、睡眠時無呼吸症候群やレストレスレッグス症候群など専門的な症例を持つ患者も訪れる。年齢層も幅広く、夜尿症の子どもが来る日もあれば、加齢に伴う眠りの浅さを訴える老人も多い。

「一度、診察をお願いしたいのですが」

「かしこまりました。当院は予約制なので、直近であいている時間ですと……」

受話器を肩で押さえ、薫は予約台帳をたぐり寄せる。表紙をめくれずもたついていると、晴美が隣からページをめくった。

眠りの森クリニックの診察は朝九時から夕方六時まで。木曜日と土曜日が午前診療、日曜祝日は休診。今週の予約枠はすでにいっぱいだった。

「来週の火曜日、午後一番の枠があいています。そちらでいかがでしょうか？」

薫の提案に、女性は素直に従った。名前と連絡先を聞き、予約台帳に記入する。

「それでは、ご来院をお待ちしております」

通話を終え、薫は受話器を置く。何年たっても電話は緊張する。ひとつため息をついて顔をあげると、待合室に患者の姿があった。いつの間にか診察が終わっていたらしい。

最新のレセプトコンピューターがひしめくカウンター内とは裏腹に、待合室はアンティーク風の調度品がならぶ。オルゴールの音色がステンドグラスに反射し、椅子に座る女性患者にきらきらと降りそそいでいた。

晴美がレセコンを操作し、帳票類を印字する。本日最後の領収書に判を押し、薫はそれを受付のカウンターに並べた。

「遊佐《ゆさ》さん、遊佐穂波《ほなみ》さん。お会計をお願いします」

名前を呼ばれ、患者が立ち上がる。カモシカのように細い脚がハイヒールの靴でさらに長く見え、颯爽とした足さばきが凛《りん》とした印象を与える。顔にかかる長い黒髪を耳にかけ、彼女は受付の前に立った。

「本日のお会計はこちらでございます」

薫が領収書を指で示すと、アーモンド形の瞳が追う。黒髪はいかにも和風な印象だが、顔立ちには日本人離れした雰囲気があった。

「おだいじにどうぞ」

会計を終えると、彼女が薫を見る。小さく会釈をし、領収書をしまうと、踵《かかと》の高さを感じさせない滑らかな足取りで帰っていった。

薫は入り口の扉を施錠し、診察終了の札をかける。晴美が日報を記入していると、処置室の片づけを終えた看護師が顔を出した。

「ふたりとも、声のトーン考えて話してよね。こっちまで晴美の声が聞こえてきたわよ」

「ごめん照美《てるみ》。次から気をつける」

双子の宮田姉妹を見分ける方法は白衣の色の違いだ。事務員は桃色、医師と看護師は白と区別している。やがて晴美の日報記入が終わり、レセコンのバックアップも完了した。

眠りの森クリニックの業務は本日も無事終了した。


仕事終わりの更衣室はいつも窮屈だ。薫は宮田姉妹が退勤するのを待ってから私服に着替えた。

職員用の出入り口は建物の裏口にあり、二階の院長の自宅と兼用になっている。靴箱から履き慣れたスニーカーを取り出し、ナースシューズを入れようとして薫ははたと気づいた。

院長の靴が残っている。

「――先生、今日の診察終わりましたよ？」

こんこん、とノックを二回。返事も待たずに診察室の扉を開けた。

中にあるのは、患者が座るソファーと院長の机。部屋が山側に位置するため日当たりはよくないが、窓の外に見える藻岩山の深い緑が室内を穏やかに染めている。

「合歓木《ねむのき》先生？」

眠りの森クリニック院長、合歓木啓明《たかあき》。三十代半ばにして独立し一国一城の主になった彼は、椅子の背もたれに身体を預け目をつぶっていた。

「先生？」

声をかけるも、返事はない。

「……もしかして、寝てます？」

問いかけに、「ぐう」と寝息が答える。

「もう、先生、起きてください！」

彼の耳に届くよう、薫は声を大にして言う。

「時間、すぎてますよ！　支度しないと遅刻しますよ！」

眠りの森クリニックの院長は、わずかな時間さえあればところかまわず眠ってしまうおやすみ三秒の特技を持っていた。

先生、先生ってば。何度も肩をゆすり、ようやく彼の唇から声が漏れる。

「……あと……五分……」

「だめです。午後の診察に遅れちゃいます！」

今日の診察は午前で終了だが、午後から市内の北星《ほくせい》総合病院での診察が待っている。

「あと三分でいいから……」

「起きてください！　本当に遅刻しますから！」

問答無用で白衣を引っぺがし、活を入れる。移動は市電に乗り込めば一本だが、駅まで歩く距離を考えると時間に余裕はない。

「薫ちゃん、こういうときは大胆だよね」

「いいから、早く着替えてください。お昼ごはんの時間もなくなっちゃいますよ！」

ようやく完全に目を覚ました合歓木だが、そのまぶたはいつも柔和に細められており、眠っているように見える。彼は顔を洗う猫のように目をこすった。

「眠気覚ましにコーヒーが飲みたいな」

「向こうの病院で淹《い》れてもらってください」

にべもなく言い放ち、薫は彼にジャケットを着せる。ワイシャツとスラックスを嫌味なく着こなす身体は、無駄な脂肪がなくほっそりとしていた。

「市電の中で寝ないでくださいね。ちゃんと駅で降りてくださいよ」

裏口まで見送る姿は、まるで母親と子どものそれ。靴ベラで革靴に足を滑り込ませ、鞄《かばん》を持ち、合歓木はまたひとつあくびをした。

「……じゃあ、いってきます。薫ちゃん、戸締まりよろしくね」

「いってらっしゃい、気をつけて」

言ってから、薫は「おつかれさまでした」が正しかったのではと気づく。けれど合歓木はそれを気にするふうでもなく、裏口のドアを開け、午後の診察へと向かっていった。

○

薫の住むアパートは職場から徒歩一〇分の距離にある。

市電の線路沿いに歩き、住宅街の小路に入ると見える空色の屋根が目印だ。再開発がゆるやかにすすむ市電周辺は、昭和レトロな建物と建設中のマンションが入り乱れ、街の雰囲気がごった煮状態になっていた。

築三〇年をすぎた木造住宅の名前はコーポ空田《そらだ》。むき出しの鉄骨が屋根と同じ空色に塗られている。一階にある治療院の看板を流し見つつ階段を上ると、かん、かん、と足音が響く。

自宅は二〇一号室。扉の前で鍵を取り出し、差し込む——前に、扉が開いた。

「おかえり、姉ちゃん」

「ただいま、歩《あゆむ》」

薫は弟と二人暮らしをしている。

六つ年下の弟は顔立ちに少年らしさが残り、顔にかかる長い前髪を頭の上で結んでいる。歩くたびにちょんまげが揺れ、薫がそれを目で追っていると、台所からご飯の炊ける甘い香りがした。

アパートの古びた外見と同じく、内装もあちこち年季が入っている。居間を挟んで姉弟《きょうだい》それぞれの部屋があり、薫は自室に通勤用のスプリングコートとバッグを放る。シュシュで結んでいた髪をほどくと、くせのある髪が肩の上で散らばった。

「お昼ごはん作っておいたけど、食べるでしょ？」

「ありがとう、お腹ぺこぺこ」

「お味噌汁とおにぎりしかないけど、足りるかな？」

几帳面にテーブルを拭く背に、薫はおそるおそる尋ねた。

「冷蔵庫の中のものは、使ってないよね？」

「あんなにでかでかと貼り紙してあったら、さすがに使わないってば」

冷蔵庫には、チラシの裏に書かれた『故障中！　中のものは食べちゃダメ！』の貼り紙がある。薫が通勤前に書いたものだ。

「お味噌汁は乾燥わかめだよ。おにぎりも海苔を巻いただけ。冷蔵庫が壊れてたこと、ぼく、全然気づかなかった」

「牛乳の味が変わってたけど、飲まなかった？」

「最近バイトが忙しくて、冷蔵庫のものほとんど食べてなかったんだ。姉ちゃんもすぐに教えてくれたらよかったのに」

今朝、薫の出勤時には歩はまだ夢の中にいた。深夜に冷蔵庫の掃除をしていた時も部屋にいたはずだが、よほど深い眠りに落ちていたのか起きなかったのだ。掃除の続きをしてくれていたのか、流し台にゴム手袋が干してあった。

「冷蔵庫は冷えが悪いけど、冷凍庫はまだ大丈夫みたい。メーカーに修理出すの？」

「ううん、買い替えようと思ってる。型も古いし」

「保証期間はないの？」

「これはリサイクルショップで買ったものだから、保証もなにもついてないの」

有間家の冷蔵庫は、子どもの背丈ほどしかない二ドアタイプだった。味噌汁の鍋に火を入れなおし、歩がちょんまげを揺らしながら考える。

「冷蔵庫って、いくらぐらい出せば買えるものなの？」

「海外製の安いものなら、三、四万円くらいあればなんとかなるかな。でも、冷蔵庫の廃棄にリサイクル料と運搬料がかかるし、もうすこし見ておかないと……」

薫は頭の中の電卓を叩き、予期せぬ出費にため息をこぼす。

「お昼ごはん食べたら、新しい冷蔵庫探しに行くよ。歩は午後、何か用事ある？」

「これからバイトなんだ。手伝えなくてごめんね」

味噌汁をお椀によそい、歩がおにぎりとともにテーブルに運ぶ。エプロンを外し、ちょんまげのゴムをほどくと、生えぐせのついた前髪が額の真ん中でぱっくりと割れた。

「今日は予約がたくさん入ってるから、帰ってくるの遅くなると思うから」

時間がないのか、彼は慌ただしく身支度を整える。風よけのパーカーを羽織り、バックパックを背負うと、壁にかけていた自転車の鍵を取った。

「新しい冷蔵庫買うなら、ぼくもお金出すからちゃんと言ってね」

「お金の話より、歩の学校のことを聞きたいんだけど……」

「大丈夫、真面目に通ってるから！」

一方的に話を終了され、薫は玄関へと向かう弟を追いかける。歩は踵を履きつぶしたスニーカーをひっかけ、よほど急いでいるのか足早に階段を下りていった。

「いってきます！」

「いってらっしゃい、気をつけてね」

階段の下に停めていた自転車にまたがり、彼は勢いよくペダルを踏んだ。弾丸のように跳び出していく背中を見送りながら、薫はまたひとつため息をついた。

今日もほとんど話ができなかった。

玄関の扉を閉め、居間に戻る。テーブルの上では味噌汁が白い湯気をあげ、おにぎりが鎮座ましまして薫に食べられるのを待っていた。

時計を見ると、一四時になろうとしている。歩は姉の帰宅を待っていてくれたらしい。座布団の上に座り、薫は行儀よく手を合わせた。

「いただきます」

まずは味噌汁をひと口。乾物から丁寧に引いた出汁《だし》の味がする。おにぎりも程よいにぎり加減で、口に含むと舌の上で米粒がほろほろと崩れた。

「……おいしい」

誰もいない部屋に、しみじみとした呟きが響く。

開け放した窓から皐月《さつき》のさわやかな風が吹きこみ、レースのカーテンが絨毯の上でゆらゆらと踊る。カーテンの隙間からさしこむ光を反射したのは、食器棚の上に並べた両親の遺影だった。

忘れもしない、高校三年生の一月。両親が交通事故に遭ったと薫の学校に連絡が来た。

父は大企業に勤め、賃貸だが高級住宅街のマンションに住んでいた。お嬢様高校に通っていた薫は内部進学が決まり、受験戦争も知らず何不自由ない生活を送っていた。

凍えるような吹雪の日、父は本州の出張から帰ってきた。飛行機はかろうじて新千歳空港に着陸したものの、交通機関が軒並み運休し身動きがとれなくなってしまった。急ぎの用事を抱えていた父は母に車で迎えに来るよう頼み、ふたりで冬道の事故に巻き込まれた。

両親はひしゃげた車の中であっさりと死んでしまった。

その日から生活は一変した。

大企業に勤めていたはずの父親が、リストラに遭い小さな会社に転職していたことを弔問客の顔ぶれで知った。働く身体さえあればやっていけると思っていたのか、生命保険まで解約して薫の進学費用を捻出しようとしていた。

事故の保険金は少ししか下りず、薫は進学をあきらめ、就職して歩を養うことにした。

家庭の事情を配慮した担任の先生があの手この手で探してくれたのが、総合病院の医療事務員だった。資格を取得すると基本給に手当てがつくという職場で、薫は働きながら診療報酬の勉強をした。高卒の女子がもらえる給料など雀の涙であり、爪の先に火をともすような毎日を送っていた。

お金がないと生きていけないという現実を、骨の髄まで味わった一〇代だった。

いまは生活も安定したが、家計簿とにらめっこする毎日は変わらない。春先は何かと入用で出費が多く、追い打ちをかけるかのような家電の故障。薫はおにぎりを咀嚼《そしゃく》しながらうなだれた。

「……どうしよう、また中古で買うか。でも、買って何年もたたずに壊れちゃうなら、新品買ったほうが早いよね」

頭の中の電卓を何度も叩く。しかし、ない袖を振ってもないものはない。午後は電器屋をまわり、一円でも安く買えるよう交渉しなければならない。気合を入れるように最後のひと口をほおばると、玄関の呼び鈴が鳴った。

「はーい」

おにぎりを味噌汁で流し込み、返事をしながら立ち上がる。薫が向かうより先に玄関の扉が開き、ひとりの男性が顔を出した。

「あれ？　薫、仕事は？」

ゆるくウェーブをかけた黒髪の下、垂れ目の瞳がもの憂げに薫を見つめる。

「今日は木曜日だから、わたしの仕事は午前で終わりなの」

「そうだったの。曜日の感覚がなくなっちゃって、だめね」

言葉の端に女性らしさを感じさせる彼の名前は、空田直人《なおと》。コーポ空田の大家であり、一階の空田治療院を営む鍼灸《しんきゅう》師でもある。

「歩がいたら、鍼灸院の留守番を頼みたかったんだけど」

「午後からバイトだって言って、さっき出掛けちゃいました」

「そっか、じゃあ一度閉めておかないとだめだね」

空田治療院は地域に根差した診療をモットーとしているため、依頼があれば往診に出かける。歩が留守番を頼まれることが多いが、今日はすれ違いになってしまった。彼はあごひげを撫で、肉感的な唇を動かした。

「この時間なら、ディナータイムの準備かな？」

「直ちゃん、歩のシフト把握してるんですか？」

生活がすれ違いがちな姉よりも、直人のほうが歩の生活について詳しかった。

「歩、卒業後の進路について、なにか話したりしてませんか？」

歩は通信制の高校に通っているため、同年代の生徒よりも一年遅れて卒業する。毎週日曜日が登校日であり、その他の日は治療院の手伝いやアルバイトに精を出していた。

「本人もいろいろ悩んでるみたいだし、いずれちゃんと話すだろうから、薫も黙って見守ってあげたら？」

「でも……」

「むしろ薫も、休みの日にデートする男の子くらい見つけなさいよ。もう二五歳でしょ、彼氏のひとりやふたりや三人や四人いてもおかしくないんだから」

一見堅気に見えないいでたちの直人だが、実は誰よりも心の女子力が高い。

「若さにあぐらをかいていたら、アタシみたいにあっという間に年取っちゃうのよ？」

恋愛指南をはじめようとした彼だが、往診のことを思い出し、「あらいけない」と話を切り上げた。

「じゃあ、ちょっと行ってくるわね。なにかあったら携帯に電話ちょうだい」

「いってらっしゃい、直ちゃん。気をつけてね」

直人もまた往診に自転車を使っている。薫は白衣の後ろ姿を見送った。

彼の支えがあったからこそ、有間姉弟は今日まで生きてこれた。

直人は父の大企業時代の部下であり、訃報を聞くと真っ先に駆けつけてくれた人物だった。

金の切れ目が縁の切れ目とはよくいったもので、両親の知人は家賃の支払いもままならない薫たちを遠巻きに見るばかりだった。直人はふたりをコーポ空田に転居させ、何不自由ない生活をしていた薫に一カ月を生きるうえで必要なお金や水道光熱費の節約法など、生活の知恵を授けてくれた。

昼食に使った食器を片付け、いざ冷蔵庫探しの旅に出かけようとスプリングコートを羽織ると携帯電話のバイブ音がした。

「――もしもし、薫？　いま、電話大丈夫？」

「穂波？　珍しいね、電話なんて」

電話の主は、先ほど眠りの森クリニックを受診した遊佐穂波だった。

「今日、診察中に話し声が聞こえたからさ。内容が気になって電話したんだけど」

仕事中の私語はなるべく慎んでいたのだが、今日はつい冷蔵庫騒動について熱く語ってしまった。まさか診察中の彼女にまで聞こえてしまっていたとは。

「冷蔵庫、うちの職場の子がいらないのあるっていうから、よかったら譲ろうか？」

「本当に？」

思いがけず、大きな声が出る。薫の感情が電話越しに伝わったのだろう、穂波の笑い声が聞こえた。

「後輩が結婚して引っ越しをするのに、ひとり暮らし用の冷蔵庫を処分するんだって。まだ十分使えるし、向こうも廃棄するのにお金がかかるから、取りに来てくれるならタダでいいって」

「嬉しい！　これから取りに行ってもいい？」

「今日は私たちも教室があるからだめよ」

勢いあまっていた薫は、それもそうだよね、と相槌を返す。

「薫、土曜日も仕事は午前中だけでしょう？　その日は私も教室ないし、冷蔵庫の引き渡しにつきあうよ。運搬用の車も用意しないといけないし、人手もあったほうがいいから」

「なにからなにまで、ありがとう」

「私はいいけど、車を貸してくれそうな人はいる？」

薫は免許は持っているが、車は持っていない。穂波に問われ、返事がくぐもる。

「職場に車を持ってる人がいるなら、その人にお願いすればいいと思うけど。私のまわりもみんな小さい車ばかりだから、ひとり暮らし用とはいえ冷蔵庫は積めないのよ」

「大きな車……」

直人は車を持ってはいるが、天井の低いスポーツカーだ。宮田姉妹も小回りのきく軽自動車であり、合歓木に至っては車の免許を持っているかすら怪しい。

「とりあえず、土曜までになんとかするね。新しい冷蔵庫を買うのに予算が足りなかったから、連絡もらえて本当に嬉しい」

「じゃあ、これから教室があるから。夜にまたメールするね」

「ありがとう、穂波。お仕事がんばってね」

仕事終わりの夜でも間に合う用件だったが、穂波も薫のことを心配して連絡をくれたらしい。

「……とりあえず、車をどうにかしなきゃ」

冷蔵庫問題に解決の兆しが見え、薫は安堵《あんど》の息を漏らす。街に繰り出す必要もない。コートを脱いだ薫は窓から外をのぞき、直人の帰宅時間を予想した。幅広い人脈を持っている彼なら、格安で車を貸してくれるあてもあるかもしれない。

コーポ空田には駐車場があるが、砂利を敷き詰めただけで雑草がはえ、隣に建つマンションと比べると明らかに貧乏くさい。しかし、その駐車場に停まるアンティーク調のミニワゴン車には、整えられたアスファルトよりもむきだしの地面がよく似合っていた。

「あの車、たしか……」

呟くよりも早く、玄関のベルが鳴った。

薫はドアスコープ越しに外の様子を確かめる。広角レンズで歪《ゆが》んだ視界の中、玄関の前に立っていたのは、この春に越して来た新住民だった。

「――はい」

薫が扉を開けると、彼は人懐っこい笑みを浮かべた。

「これ、実家から送られてきたんだけど、ひとりじゃ食べきれないからどうかと思って」

「いつもすみません、秋峯《あきみね》さん」

　隣の二〇二号室に越してきたのは、薬師丸《やくしまる》秋峯という独身男性だった。入居時に引っ越しそばを持って挨拶をしに来た好青年であり、二七歳と年も近いことからなにかとご近所づき合いが続いている。

「魚なんだけど、こういうのは活きがいいうちに食べたほうがおいしいし。弟くんとふたりなら、いっぱいあっても食べきれるっしょ」

　彼が持つビニール袋には新鮮な魚がたくさん入っていた。日ごろおつとめ品ばかり食べている身として、新鮮な魚は非常にありがたい。いつもどおり受け取ろうとして、薫は有間家の問題を思い出し頭を振る。

「とても嬉しいんですが、うちの冷蔵庫が壊れちゃって、生ものを保存できないんです」

「そりゃ大変だ」

　気を悪くしたふうでもなく、秋峯はあっさりと袋を引っこめる。

「家電ってある日突然壊れるよな。じゃあ、魚はうちの冷蔵庫に入れておくから、新しいの買ったら言ってよ。どうせひとりだと腐らせちゃうし」

「ありがとうございます」

　ビニール袋から見えた美味しそうな魚に、薫はごくりと喉を鳴らす。焼きたての魚の味が恋しい。今晩のぶんだけでも分けてもらおうか。でもそれも貧乏くさいか。束の間の逡巡《しゅんじゅん》の後、ふと、駐車場に停まっている車のことを思い出した。

「下に停めてあるワゴン車って、秋峯さんの車でしたっけ？」

「そうだけど？」

地獄に降ろされた一本の蜘蛛《くも》の糸。思いがけない救世主に、薫は仏様——秋峯に向かってぱちんと手を合わせた。

「お願い、秋峯さん。車を貸してください！」

2

土曜日の同級生

土曜の午前診療終了後、薫は秋峯の車に乗り、穂波に指定された中島《なかじま》公園のマンションへと向かった。

「久しぶりだな、中島公園。引っ越すとあまりこっちに出てこなくなるから」

運転席でハンドルを握りながら秋峯が言う。薫は車だけを借りるつもりだったのだが、鍵を取りに行くと彼も出かける準備をしていた。

「すみません、秋峯さんにも手伝ってもらっちゃって……」

「いーのいーの、午後から休みなのは薫ちゃんと一緒でしょ」

秋峯はコーポ空田から中島公園までを市電の線路沿いに走った。路面には市電が走る内回りと外回りの二つの線路が敷かれており、複雑で交通量が多い道だが彼は器用に運転している。

「これから会いに行く穂波ちゃんって、薫ちゃんの友達？」

「そうです。高校時代の同級生で」

「学生時代の友達といまでも交流があるっていいよな。俺は地元を出たときに疎遠になっちゃったし」

「いままでずっと、連絡を取り合っていたわけじゃないんですけどね」

車内のぎこちない空気を埋めるために、薫はぽつぽつと口を開いた。

「穂波は子どものころからバレエを習っていて、高校の時からバレエ留学したんです。日本に帰ってきたのも全然知らなくて、再会したのは本当に最近で」

　穂波が眠りの森クリニックを受診したのは、四月。歩道から雪のかたまりが消え、桜のつぼみが徐々にふくらみはじめたころだった。

　春という季節は人々の気持ちを活発にさせ、冬に抑圧されていた気持ちをなんらかのかたちで発散する人が多い。今年の春は札幌市内各所で不審火が多発し、道内の新聞社やテレビ局がこぞってそれを報じた。

　——中島公園で不審火。マンション共用部が燃える。

　深夜に発生した火事により、住民たちは眠っていたところを非常ベルで叩き起こされた。幸いすぐに鎮火し大事には至らなかったが、その建物に住んでいたのが穂波だった。

　彼女は事件の後、不眠を訴えて眠りの森クリニックを受診し、そこで薫と数年ぶりの再会を果たしたのだった。

「いまはヨガの講師をして中島公園で働いてるんです」

「国道沿いのビルにヨガスタジオがあったから、あそこで働いてるのかな？」

「秋峯さん、詳しいんですね」

　薫がマンションの住所を告げたとき、彼は「ああ、あのあたりね」とあっさり了承した。そしてカーナビも何もなしに車を発進させ、迷いなく運転している。

「俺、前の職場が中島公園でさ。アパートも近くに借りてたから、この辺は庭なんだよ」

「そうだったんですか」

「すすきので飲んだ時とか、終電逃しても歩いて帰れるから楽だったよ」

中島公園は地下鉄南北線が最寄り駅であり、北の大歓楽街すすきの駅の隣駅でもある。

国道沿いには企業ビルが建ち並び、ヨガスタジオの入った企業ビルは一階がガラス張りになっていた。美容室さながらに講師の姿が見え、上の階はオフィスや予備校が入っている。

ヨガスタジオを目印に、秋峯がハンドルを切り細い路地に入る。穂波が指定した待ち合わせ場所は、地下鉄中島公園駅よりも市電の山鼻《やまはなくじよう》9条駅の近くにあるマンションだった。

薫がマンションの看板を探すよりも早く、車道に出てこちらに手を振る姿が見えた。

「秋峯さん、あのマンションです」

ハザードをつけ、秋峯がマンションの前に車を停める。建物は立派な作りをしているが、駐車場がなく、路側帯に寄せるしかない。車に向かって手を振っていた穂波は、ハンドルを握る秋峯の姿に気づくと、アーモンド形の眼を丸くした。

「薫、そのひと誰？　彼氏？」

「違うよ。アパートのお隣さん」

「薬師丸です。はじめまして」

爽やかな挨拶をし、秋峯が車から降りる。ドアを閉めると、狭い路地に音が響いた。

マンションのエントランスに件《くだん》の冷蔵庫が置かれていた。薫たちが到着する前に運び出していたらしい。住民専用のごみステーションがあり、さすがマンションは違うなと薫は思う。

冷蔵庫と一緒に、ひと組の男女がこちらの様子をうかがっている。穂波の話から推測するに、彼女がこの度結婚することになった後輩だろう。小柄な体型ながら、花柄のワンピースの裾からヨガ講師らしい細い脚が見えた。

「男手が足りないと思ったから、後輩の彼氏に下まで運ばせたのよ」

「車も長く停められないし、ちゃっちゃと運んじゃおうか」

フットワーク軽く、秋峯が冷蔵庫を運ぶ。薫も手伝おうと思ったが、男性ふたりで軽々持ち上げてしまった。車に積み込むと、婚約者が車を眺め話しかける。

「この車、ワーゲンバスですよね。高かったんじゃないですか？」

「いや、中古だったんでそんなには。維持費ばっかりかさんでそのほうが大変ですけど」

さすが男性同士、車の話になると初対面でも話が盛り上がる。車の知識にうとい薫と同じく、穂波も興味が薄いようで、話し込む男性陣を見て肩をすくめた。

「穂波のマンションもこの近くなの？」

「私も同じよ。このマンション、スタジオのオーナーと大家が知り合いで、独身の講師たちは格安で借りられるの」

　後輩に紹介され、薫はあらためて冷蔵庫のお礼を言う。穂波は今日も踵の高い靴を履き、小柄な後輩との身長差が際立っている。

「冷蔵庫、三人で運んだの？」

「ううん、私と彼のふたり。男手があってよかったわ」

　そのヒールを履いて重いものを運んだのか。薫は驚きのあまりまじまじと足元を見てしまう。その視線を感じて、穂波は「ヒールが太いから安定して歩けるのよ」と言った。

「わたし、いつも歩きやすい靴ばかり履いてるかも。近所の買い物なんてサンダルだし」

　履き古したスニーカーを履く自分が恥ずかしく、無意識のうちに二、三歩と彼女たちから距離を置く。

「サンダルなんて、よっぽどの時じゃないと履かないわよ。それこそ、火事で避難したとき以来、履いてないかも」

「火事って……このマンションであったんだよね？」

「そう。エントランスのごみ捨て場がね。業者が入って片付けは終わってるけど、見る？」

　穂波が飄々《ひょうひょう》と指さし、薫は首を横に振る。いくら綺麗になっているとはいえ、不審火があった場所を物見遊山で見るほど神経は太くない。

「会社の観桜会の日でしたよね。あたしは彼氏の家に帰ったから、巻き込まれずに済んだんですけど……」

後輩は声が高く、甘えるような口調にどこか幼さを感じる。

「野次馬が集まって、けっこうな騒ぎになったんですよね。穂波先輩から話を聞いて、家にいなくてよかったって思いました」

パーマをかけた髪からシャンプーの甘い香りがする。可憐なしぐさや上目がちな瞳から、薫の脳裏にトイプードルの姿がよぎる。

「そういえば、先に冷蔵庫を譲ってもらって、引っ越しまで大丈夫ですか？」

冷蔵庫が使えないと本当に不便だ。薫が訊ねると、彼女はにっこりと笑った。

「ほとんど彼の家に住んでいるようなものだから大丈夫ですよ。火事があってから、ひとりで家にいるのも不安ですし」

彼女は火事の夜に家を空けていたはずだが、さも大変だったような言いかたをする。穂波もそう思ったのか、薫に目くばせをするとほこりで汚れた手のひらを叩いた。

「さっさと薫の家に運んじゃおうか。古い冷蔵庫も、引取場まで運ばないといけないし」

「そうだね。急がないと、受付も終わっちゃう」

「男手もあるし、あとはもうこっちでやるから、大丈夫よ」

穂波がそう言うと、後輩は「では、これで」と頭を下げた。婚約者を呼び、見送りもせずマンションの中へ入っていく。見かけによらぬさばさばとした対応に呆気《あっけ》に取られていると、穂波はワゴン車の助手席に座った。

「私も家まで一緒に行くよ」

「秋峯さんがいるから、わたしたちふたりでもなんとかなるよ」

「引っ越しでもなんでも、こういうときは人手が多いほうが楽なのよ」

シートベルトを締める彼女は、はなからついてくるつもりだったのだろう。秋峯も運転席に戻り、薫はワゴン車の後ろにおさまった。

「今日は弟くんも家にいるの？」

「夜からバイトだけど、わたしたちが来るまでアパートにいるって言ってたから、片付けして待ってくれてると思うよ」

秋峯がエンジンのキーをまわし、きゅるきゅるという接続音が車体を駆け抜ける。アクセルを踏むと、ワゴン車はすこし重たそうに発進した。


コーポ空田に戻り、二〇一号室の扉を開けると、玄関に歩の靴がなかった。

冷凍庫にあったたくさんの食材は、歩が保冷バッグにつめかえているはずだった。片付けは終わっていたが、冷蔵庫の扉には走り書きのメモが貼ってある。

『職場に呼び出されたから、これから仕事に行ってくるね』

歩は携帯電話を持っていないため、姉弟間の連絡はメモで済ませることが多い。バイトの呼び出しは空田治療院に電話が来たのだろう。

穂波という助っ人ががぜん頼もしくなる。アパートの階段は足場が悪いため、担ぐ以外に案内をしてくれる人がいると心強い。担ぐ力はもっぱら秋峯に頼ってしまうが、入れ換えはスムーズに進んだ。

古い冷蔵庫を引取場に運び、帰りにふたりをお礼の食事に誘えば一日も終わるだろう。薫が頭の中でざっと計算していると、穂波が車のバックドアを閉めた。

「──うっ」

ばたん、と力強くしまった扉とともに、穂波が低くうめく。

「穂波？」

声をかけるが、彼女は扉を閉めたままの姿勢でかたまり、ぴくりともしない。額には見る間に脂汗が浮いた。

「どうしたの、大丈夫？」

「なんか急に、腰が痛くなって」

「それってぎっくり腰かもよ。俺の父さんが昔やったことある」

秋峯が手を貸そうとするが、穂波は「触らないで！」と遮った。突然の出来事に彼女の表情には混乱の色が見え、薫たちもうかつに手を出すことができない。

その空気を打ち破ったのは、駐車場前の空田治療院だった。

「あんたたち、真っ昼間からなにしてんの？」

部屋の中から様子をうかがっていたらしい直人が顔を出す。

「直ちゃん、ちょうどいいところに」

「そういえばここって治療院だったよな」

薫は秋峯と顔を見合わせ、直人に事情を説明した。身動きができずにいる穂波を見て、事態を飲みこんだ彼が盛大にため息をつく。

「何か困ったことがあったら、まずアタシに相談しなさいよ。その子の腰はアタシが診てあげるから、薫たちはさっさと冷蔵庫運んでおいで」

治療院はひと息つく時間だったらしい。直人は白衣のボタンを留め直し、微動だにしない穂波に声をかけた。

「とりあえず、中に入る程度には動けそう？」

「……なんとか、頑張れると思います」

言うわりに、穂波の足は動かない。直人は彼女のハイヒールの靴を見るやいなや声を裏返して叫んだ。

「なんでそんな靴履いて重いもの運んでるのよ！　ハイヒールなんてただでさえ腰に負担がかかるのに！」

「これは……その……女のプライドで……」

「プライドなんて知ったこっちゃないわよ。もう、さっさと中に入りなさい！　そんな減らず口叩く元気があれば歩けるわよね」

直人に引っ張られて、穂波が悲鳴をあげる。

絹を裂くような声に、とっさに手を貸そうとしたが、

「あんたたちはさっさと行きなさい！」

そう一喝され、秋峯とともにそそくさとワゴン車に乗り込んだのだった。

○

大型家電の持ち込みを受け付ける引取場は郊外にあり、受付に行くと冷蔵庫のメーカーや

年式を申請書に記入した。使用していたものが海外製だったため予算よりも高い処理代を請求されてしまい、これでもし新品を購入していたらと思うと、薫は背筋が凍った。

軽くなった財布を握りしめ、引取場をあとにすると早くも日が傾きはじめていた。季節は春から夏へと移り変わっているはずだが、夕暮れは早い。携帯電話で時刻を確認し、薫は空田治療院に電話をかけた。

「――わかった。じゃあ直ちゃん、穂波をよろしくね」

通話を終え、二つ折りの携帯電話を閉じる。薫は節約のためにガラケーを使っていた。

「穂波ちゃん、腰の様子どう？」

「ぎっくり腰は今日の荷運びが原因ではあるけど、もとから痛みがあったみたい。直ちゃんも徹底的に治すって言ってたから、今日は夜遅くまで施術するのかも」

穂波は日曜日もレッスンがあるのだろうか。はたして仕事になるのだろうか。薫が思いあぐねていると、腹の虫がぐうと鳴いた。

「いい音だね」

「お昼ごはん、食べる暇がなかったから」

午前の診察が長引き、帰宅できたのは約束の時間ぎりぎりだったのだ。ひと段落ついた途端、急にお腹がすいてきた。

「帰りに何か食べて帰ろうか？」

秋峯が笑いをかみ殺しながら言う。気休めにタブレットのガムをもらい、薫はそれを口に含む。ミントの爽やかな香りが、空腹の胃をまぎらわすにはちょうどよかった。

「どこか行きたい店あったらそこにするけど。俺もまだ引っ越してきたばかりで、近くの店とか何もわからないんだよな」

「……じゃあ、歩のバイト先に行きませんか？」

「いいね。行こう行こう」

薫の提案に、秋峯は二つ返事でうなずいた。


歩のアルバイト先は、市電の中央図書館前駅のそばにあるイタリアンの店だった。

客層に合わせて様々な種類のあるイタリアンだが、歩の働く『トラットリア・リラ』は大衆食堂に位置する。札幌軟石を使用した石蔵を店舗にしているため、他の店とは違う静謐《せいひつ》な雰囲気があった。

「いらっしゃいませ」

入り口の扉を開くと、ウェイター姿の歩がとびきりの笑顔で出迎えた。しかし、客が薫だと気づくと、照れくさそうに表情を戻す。

「……なんだ、姉ちゃんか」

長い前髪を目にかからないように流し、濃茶のエプロンを腰に巻いた歩は、普段のちょんまげ頭を忘れさせる品のよさがあった。薫と秋峯の組み合わせに少し驚いた表情を見せたが、すぐに事情を察したらしく、席へと案内する。

「今日は予約がたくさん入ってテーブル席が埋まってるんだ。カウンターでもいい？」

「大丈夫。むしろ忙しい時に来ちゃってごめんね」

トラットリアの内装は石蔵を活かしたシックな雰囲気で統一され、一階は一枚板の重厚なカウンター席から厨房をのぞくことができる。早い時間でも客が入っているらしく、吹き抜けの二階席から賑やかな話し声がこぼれ落ちてきた。

「いらっしゃい、薫ちゃん」

「ご無沙汰してます、オーナー」

厨房の中から声をかけてくれたのは、トラットリア・リラのオーナーだ。白髪混じりの頭を丁寧に撫でつけ、微笑《ほほえ》む瞳は優しいが、厨房の中はおそらく戦場のように忙しいのだろう。

「最近食べに来てくれなかったから、寂しかったよ」

「弟の職場だと、逆に顔を出しづらくて……」

薫の正直な言葉に、オーナーが恰幅のよいお腹を揺らして笑う。秋峯は席に座ると、メニューを手に取り、黒板に書かれた本日のおすすめを確認する。

「店の雰囲気で身構えてたけど、良心的な値段設定だね」

「ここはランチセットもお得なんです」

トラットリア・リラのランチタイムは一〇〇〇円でおつりがくる。ディナータイムのコースも肩ひじ張らず楽しめる値段で、アラカルトとワインだけで楽しむ人も多い。

「ここはわたしが出しますから。車を貸してくれたお礼です」

「別に、気をつかわなくていいのに」

言いながら、秋峯はメニューを見て注文していく。前菜、副菜、と迷いなく選ぶ姿は、彼がこういった店によく出入りしていることを物語っていた。

「薫ちゃん、パスタ何がいい？　今日はボロネーゼとペペロンチーノだって」

「どっちにしようかな」

「姉ちゃんはボロネーゼでしょ？」

注文を聞きに来たのは歩であり、彼は伝票に記入しながら口を挟む。

「いつもミートソースのスパゲティばっかり食べてるし、好きだよね」

「あれはただ、作るのが楽なだけで……」

乾物から出汁を作る歩と違い、薫はレトルト食品に頼ることが多い。とくに茹《ゆ》でただけの麺にかけるパスタソースは重宝するため、ひとりで食事をするときはもっぱらそればかり食べているのだった。

「一度、オーナーのボロネーゼ食べてごらんよ。本場の味はおいしいからさ」

「じゃあ、俺もそれにしようかな」

「かしこまりました、ボロネーゼ二つですね」

オーダーを厨房に通し、歩は隣の席に予約札を立てた。これからひと組入るらしい。

気軽に入れる店だが、フォークやナイフなどのカトラリーはきちんとテーブルにセッティングされている。サービスの仕方もオーナー直々から指導があるらしく、通常なら若い高校生にホールを任せることはないのだが、歩は例外で厨房の皿洗いから始めホールを任されるまでに成長したのだった。

ウーロン茶を頼んだ。口をつける前に、ふたりで乾杯をする。

「秋峯さんが手伝ってくれて助かりました。重いものを運ぶことなんて滅多にないから、どうやって二階まで上げようか悩んでたんですけど」

「俺、昔引っ越し屋でバイトしてたから、ああいうの得意なんだよ」

「そうだったんですか？」

彼の飄々とした雰囲気に、力仕事は似合わない。

「春の引っ越しシーズンなんて、朝から晩までタンスやら家電製品やらを運んでたんだよ。建物を傷つけないように養生するのとか、慣れるとけっこう面白いものだよ」

話をしているうちに、前菜のサラダが運ばれてくる。それぞれの皿に取り分けたのは秋峯であり、サニーレタスやミニトマトをバランスよく彩る手際のよさがあった。

「ありがとうございます。秋峯さん、手慣れてますね」

「ホテルの宴会場とか居酒屋とか、飲食店でバイトしてたこともあるからさ。こういうイタリアンの店って接客とか厳しいんだけど、歩くん、よくやってるよ」

話しぶりから、秋峯が歩を気にかけているのが伝わる。薫は秋峯が引っ越してきて以降、二人が言葉を交わす姿をあまり見たことがない。歩は人見知りの気があるのだった。

サラダを食べ終えたころに新しい料理が届く。料理の提供までの時間に無駄がない。歩は姉の席のサービス担当についたらしく、彼が運んできたのは白い湯気のあがるボロネーゼだった。

「あとこれ、オーナーから」

パスタの皿とともに、頼んだ覚えのないカルパッチョが並ぶ。真っ白な陶器の皿に、薄造りにした刺身と野菜が盛られている。ガラス細工のような繊細さに息を飲むと、厨房からオーナーがウインクをした。

「ありがとうございます」

「歩にはいつも店を助けてもらっているからね。卒業してもこのまま働いてくれると嬉しい限りだよ」

厨房の忙しさが徐々に増してきたのか、彼はそう言ったきり調理に戻っていった。残された歩はあいまいに笑っている。流すには少々含みのある言葉であるとわかっているのだろう、手持ち無沙汰にナプキンを正しながら唇を開いた。

「……実はオーナーから、卒業したら社員にならないかって言われてるんだ」

「そうなの？」

歩が自分の進路について話すのは珍しいことだ。薫は矢継ぎ早に問い正しそうになるのをこらえ、涼しい表情を作りそれを聞いた。

「今は短時間のシフトだけど、卒業したらフルタイムで働かないかって」

「歩くん、接客上手だしね。笑うと華があっていいよ」

秋峯が屈託なく会話に参加する。歩はその褒め言葉にかすかに頬を赤らめた。照明が暗めに設定されているため、顔を近づけて話さないと表情の変化がわかりづらい。

「いずれ折を見て話そうと思ってたんだけど、こんなタイミングになってごめんね」

「一度、休みの日にゆっくり話そうね」

時計の針が七時をまわり、予約の客が次々と来店した。

できればもう少し詳しく話を聞きたかったのだが、歩は仕事に戻ってしまった。エプロンの丈が長く歩きづらそうだが、足さばきは堂に入っており、新しい来客があるとすこし大人びた笑顔で「いらっしゃいませ」と言った。

「予約をしていた大久保《おおくぼ》ですが」

「大久保様ですね。こちらのカウンター席にどうぞ」

薫たちの隣に案内されたのは、大学生らしき若いカップル。女性が座りやすいよう椅子を引き、荷物入れのかごの場所を伝えようとした歩は、ふたりの顔を見て呆然と呟いた。

「……大久保くん？」

「有間？　なにやってんの？」

いかにも若者らしい、軽い口調だ。連れの女の子も歩に気づいたようで、「やだ、あゆむんじゃん」と言った。

間接照明が邪魔をして、歩の表情が見えない。けれど先ほどまでのにこやかな様子が消えたことは、そのこわばった背中を見るに明らかだった。

「有間、ここで働いてんの？　学校は？」

「通ってるよ。いまはここでアルバイトしてるんだ」

「まじか。中卒で働いてんのかと思ったじゃん」

青年——大久保の口調に、隣の秋峯が閉口した。連れの子も、巻き髪を指でもてあそんで二人の様子を見守っている。

「大久保くんは、いま、何してるの？」

「おれ？　おれは普通に大学行ってるよ」

彼が口に出した大学名は、道内でも名高い北海道大学だった。かの有名な東大や京大に比べれば偏差値は低いが、道内の人間から見ると、北大生は頭がいいと一目置かれる存在でもある。その会話で、薫は大久保が誰なのかを悟った。

歩が通っていた高校の、元同級生だ。

「有間が退学してから、全然話聞かなかったからさ。へえ、こんな仕事してるんだ」

「あゆむんはなにか作ったりしてないの？」

歩をあだ名で呼ぶあたり、連れの女の子もまた同じ学校だったのかもしれない。

「ぼくは接客だけだから。今日のおすすめの料理を教えてあげることはできるけど」

「サービス業のバイトって、ド底辺じゃん」

その言いかたには明らかな侮蔑が含まれている。薫は衝動的に口を出しかけたが、それを遮ったのは歩だった。

「どうぞ心ゆくまでお楽しみください」

優等生の接客態度で返し、彼は何事もなかったように仕事に戻っていった。


同級生たちが隣の席に座ってから、料理の味がしなかった。

秋峯が気さくに話しかけてくれたが、隣の話し声が大きく嫌でも耳に入ってきた。歩は最後までサービスを担当し、同級生にも完璧な対応をしていた。

アパートへの帰り道、秋峯はあえてそれを話題にすることはなかった。コーポ空田の駐車場に停め、ふたりで鉄骨の階段を上った。

「秋峯さん、結局ご馳走になってごめんなさい……」

「いいよいいよ。料理、おいしかったし」

車のお礼に会計を出すつもりが、彼は薫がお手洗いに行っている間に精算をすませていたのだった。帰り際に伝票を探した際、それを知った時の衝撃が今も尾を引いている。

「節約のために冷蔵庫譲ってもらったのに、結局晩ごはんご馳走してたら、出費でしょ」

痛いところをつかれ、薫は返答に詰まる。いくらトラットリア・リラがリーズナブルな店であったとしても、やはりイタリアンで夕食となるとそれなりにお金が飛んでいく。

「穂波ちゃんにもお礼しないといけないんでしょ。そのときにお金を出せばいいんだよ」

「でも……」

「どうしても気になるなら、また今度、甘いものでも食べに行こう」

今日一日で彼とも距離が縮まったように思う。それにしても女性の扱いが上手いな、と心の中で感心しつつアパートの階段を上ると、二階の通路にひとりの女性が立っていた。

彼女は秋峯の部屋の前にいた。まだ若いが、トラットリアで会った歩の同級生より化粧が濃い。

「もー、アキ、帰ってくるの遅いよ」

「ごめん。ファミレスかどっかで待ってればよかったのに」

秋峯が軽い口調でそう返す。

女性が鋭いまなざしで薫を見る。それに怯《ひる》むと、秋峯がすかさず口を開いた。

「じゃあ、薫ちゃん、またね」

「……また」

薫はそれしか言えなかった。秋峯が家の鍵を開け、女性を中に招き入れる。

「アキ、いい加減、合鍵ちょうだいよ」

「だめだよ、そしたらお前入り浸るだろ」

扉が閉まる寸前、そんな甘ったるい声が聞こえた。

薫はしばし、自分の部屋の前で呆然と立ち尽くした。

秋峯のことだ、彼女がいてもなんらおかしくない。彼女は恋人の帰りを待っていて、けれど知らない女と一緒に階段を上ってきたら……それはにらまれても仕方ない。動揺を押し殺し、薫は部屋の鍵をドアノブに差し込む。

「……あれ？」

鍵をまわしても手ごたえがない。何が起きているのか判断がつかずにいると、玄関の扉がひとりでに開いた。

「おかえり、薫」

そこに立っていたのは直人だった。

「直ちゃん、なんで？」

「なんでって、薫が家の鍵あけっぱなしで出かけてたんだもん、物騒だから留守番してあげたんじゃない」

診療が終わったのか、彼は白衣を脱ぎ私服に着替えていた。派手な柄シャツの胸元から鍛えた胸筋がのぞく。

「いくらうちが泥棒も入らないようなボロアパートでも、戸締まりだけはちゃんとするように言ってるでしょう。薫は女の子なのに危機感が薄すぎるわ」

「そういえば、鍵をかけた記憶がないかも」

冷蔵庫の運搬を終え、穂波のぎっくり腰に気をとられてからは戸締まりのことが頭からすっぽ抜けてしまっていた。直人は勝手知ったる我が家状態で薫を居間へと招き入れる。

「晩ごはん、何食べてきたの？」

「秋峯さんと歩のお店に」

「あらいいわね。アタシもたまにはおいしいイタリアンが食べたいわ」

話しながら、薫は絨毯の上にいる人物に気づく。

「――穂波、なんでここにいるの？」

座布団を枕がわりにし、穂波がすやすやと眠っていた。

仰向《あおむ》けに眠り、胸に手を乗せる姿はまるでおとぎ話のお姫様のようだ。凛としたまなざしもまぶたを閉じればはかなさが勝り、その寝顔にはどこか赤ん坊のような無垢《むく》さがあった。

「施術が終わったら急に眠くなったみたいでね。治療院の狭いベッドに寝かせるのもかわいそうだから、薫の部屋に連れてきたのよ」

「腰の調子、どうでしたか？」

「ぎっくり腰って要するに腰椎の捻挫みたいなもので、自分で動けるなら軽いほうなの。今日の施術で大丈夫だとは思うけど、鍼《はり》で血行がよくなったみたいね」

鍼や按摩《あんま》などの施術後、筋肉がほぐれて身体がだるくなり、眠気をうったえる人が多いらしい。直人は空いた座布団に座り、規則正しい寝息を立てる穂波を見てため息まじりの吐息を漏らした。

「夜、うまく眠れないって言ってたわ。薫の病院に通ってるのも教えてくれた」

「いろいろお話ししたんですね」

「生活習慣を把握しておかないと、再発予防のアドバイスができないじゃない。睡眠不足が続くと疲れた身体を修復する時間が足りなくてどこかしらを痛める人が多いの。あんなに高いハイヒールまで履いて、腰に負担かけ過ぎよ」

「ハイヒールと腰痛って関係あるの？」

「踵の高い靴を履くと、腿の裏の筋肉が緊張して腰痛になりやすいのよ。この子ったら、ヨガ講師なのに自分の身体のメンテナンス怠り過ぎ」

直人は口調こそ厳しいが、急患があれば夜遅くでも往診に行く優しさがあることを薫は知っている。今日も穂波のために時間をかけて施術してくれたのだろう。

「直ちゃん、晩ごはん食べた？」

「食べてないわよ。お腹がすくとイライラしちゃってだめね」

「非常用のカップ麺ならあるけど……」

「こんな時間にジャンクなもの食べたら太っちゃうじゃない」

時計の針は二二時を回っている。空腹で血糖値が下がっているのか、彼はいつも以上に舌にキレがあった。今からなにかを作るにも時間がかかり、彼も食べようとしないだろう。薫はしばし考え、鞄の中身を思い出した。

「そうだ、牛乳買ってきたんだった」

アパートへの帰り道、秋峯がコンビニに寄ってくれた。本格的な生鮮食品を買うには早いが、明日の朝食とともに、いつもの習慣で一リットルの牛乳を買ってしまったのだ。

「そろそろ冷蔵庫の電源入れていいと思うけど、冷えるまで時間がかかるし、なるべく早く飲み切っちゃいたいから」

薫はパックを開き、牛乳をミルクパンに注いだ。

ホーローの白い鍋は強火にかけるとすぐに焦げ付いてしまう。鍋底に当たる程度の弱火にし、食器棚から直人専用のマグカップを取り出す。有間家には彼用の箸や茶碗も揃っていた。

ひとり分の牛乳はすぐに沸き、鍋のふちに小さな泡が立ち始める。沸騰して膜が張ってしまう前に火から降ろすと、薫は蜂蜜の瓶を開けた。ハニーディッパーに絡め牛乳に垂らすと、琥珀色の蜂蜜が滑らかに糸を引く。

　かすかに色づいたホットミルクはやわらかな湯気を立ち上らせ、すこし遅れて甘い香りが鼻まで届いた。

「直ちゃん、これならいいでしょ？」

「ありがとう、薫」

　牛乳は粘膜を保護する効果があり、空腹の胃にも優しいだろう。直人はマグカップを受け取ると、唇をすぼめ息を吹きかけて冷ました。

「――あつっ」

　見かけによらず彼は猫舌だ。けれどめげずに牛乳を冷まし、おそるおそる口に含んだ。

　眉間に刻まれていたしわが、ぱっと開く。

「おいしい。身体があたたまるわ」

「よかった。直ちゃんも疲れていると思って、甘めにしてみたの」

「今日はぐっすり眠れそうね」

　しばしの静寂もつかの間、隣の部屋から鈍い物音が聞こえた。内容までは聞き取れないが話し声もする。隣の二〇二号室、つまり、秋峯の部屋だ。

　直人がホットミルクを飲みながら、「ほんとこのアパート壁薄いわよね」と大家のくせに毒づく。

「さっき、秋峯さんの部屋の前に女の人がいたんです。喧嘩《けんか》でもしてるのかな？」

「秋峯のところには頻繁にお客さんが来るのね。色っぽそうな年上の彼女だったじゃない」

「わたしが見たのは、ちょっと気の強そうな若い女の子でしたけど？」

「……違う女の人が交互に来てるのかしら？」

直人が隣の部屋を見ながら言う。物音の原因を下手に勘繰るのもはばかられたのか、彼はジーンズのポケットから煙草の箱を取り出す。慣れた様子で一本口にくわえ、薫の視線に気づき「あらいけない」と呟く。

「この家は禁煙だったわね」

「直ちゃん、まだ煙草やめてなかったの？」

「灰皿も全部捨てたんだけど、長年の習慣ってなかなか抜けないものね」

直人は何度も禁煙に挑戦しているが、長く続かずいつのまにか喫煙生活に戻っている。彼は火のない煙草をくわえたまま、手持ち無沙汰にライターをもてあそんだ。

「穂波、明日の仕事できるのかな？」

「日曜は午後からレッスンがあるんだって。いちおう動いても大丈夫だと思うけど、念のために朝治療院に寄るよう言っておいて」

よっこらしょ、と立ち上がる声が野太い。彼はすやすやと眠り続ける穂波を見て、微笑みを浮かべながら手を伸ばした。

「お姫様みたいな寝顔ね」

「ん……」

頭を撫でられ、穂波がまぶたを開く。ぼんやりと視線をさまよわせていたが、自分の顔を覗きこむ姿に気づくと、驚いたように目を見開いた。

「――やめてっ！」

手を振り払う力が強く、よろめいた直人の口から煙草が落ちる。

穂波は自らの行動で我に返ったのか、あわてて口を開いた。

「ごめんなさい、びっくりして」

「謝るのはこっちのほうよ。寝ている女性にすることじゃなかったわ」

直人はやわらかく言うが、ショックを隠せないのか払われた手をさすっている。

「それじゃあ、帰るわね」

そそくさと背中を向ける直人のつま先に、落とした煙草が触れる。それを拾い、彼はごみ箱に放った。

「待って、直人さん！」

穂波が起き上がり、その背に呼びかける。

「違うんです。驚いたのは直人さんじゃなくて、煙草で……」

その切実な声に、直人は振り向く。穂波は彼のポケットを見つめた。

「うちの不審火、出火の原因が煙草だったんです」

直人はジーンズのポケットに手をやる。彼はボヤ騒ぎのことを知っていたらしく、視線を宙に投げて記憶をたどった。

「火元は、マンションの共用部だったかしら？」

「煙草の吸殻が燃え移って火事になったんです。事件なのか事故なのかはっきりしてなくて、また寝ている間に火事が起きたらどうしようって神経質になってて……」

「わかるわ。そういうときは不安で眠れなくなるものよね」

同調する直人に、穂波の強張っていた表情がかすかに緩んだ。

「それなら、今日はここに泊まっていったら？　薫が一緒ならすこしは安心でしょ？」

直人の提案に、薫はすかさず首を縦に振った。

「そうだよ。クリニックの患者さんでも、環境を変えると眠れるようになる人は多いんだから」

「夜は歩が帰ってくるし、いざとなったら隣の秋峯のところに駆け込めばいいわ。用心棒はたくさんいるわよ」

　築年数は古いコーポ空田だが、頼りになる男性がセキュリティーのかわりになっている。そこだけは胸を張って言えることであり、それを聞いた穂波はおずおずと彼の顔を見上げた。

「直人さんはいないんですか？」

「アタシは自宅が別にあるから、夜はそっちに帰ってるの。……もしかして、寂しい？」

　図星だったのか、穂波は頰を染めながらまぶたを伏せる。

　絨毯に視線をさまよわせる彼女の頭に、直人がぽんぽんと手を乗せた。そして先ほどのことを思いだしたかのように、すぐに手を離す。

「今日はもうシャワーを浴びて、布団に入って寝なさい。大丈夫よ、なにかあったらすぐにとんできてあげるから」

　穂波は嫌がるそぶりを見せず、彼の言葉に素直にうなずいた。

「おやすみ、穂波。明日の朝、ちゃんと治療院からおはようって言ってあげるから」

　約束よ、と言う直人の声は、大人の男性らしい低く優しいものだった。


「……薫、もう寝た？」

　明かりを消した寝室に、穂波の声が静かに響いた。

薫は寝返りを打ち、ベッドの下をのぞきこむ。穂波は来客用の布団の中にいた。

「眠れない？」

「変な時間に寝ちゃったから、なんか目が冴えてて」

まぶたを閉じているものの、気持ちはまだ眠りとは遠いところにいるらしい。薫はベッドの枕元に備え付けられている引き出しを開けた。

中には小瓶がたくさん入っている。目当ての瓶を選び、ハンカチとともに彼女に渡す。

「これ、試してみて」

差し出したのは、精油の入った小瓶だった。

「オイルをハンカチに垂らして、枕元に置くの。香りで気持ちが落ち着くよ」

穂波は布団から起き上がり、蓋を開けて鼻先を近づける。

「いい匂い。ラベンダーね」

「アロマテラピーで、ラベンダーには安眠効果があるって言われてるんだ」

質素倹約をつらぬく薫にも、ささやかながら趣味がある。それがアロマテラピーで使用する精油を集めることだった。

「アロマって、専用のポットとかディフューザーがないとだめなんだと思ってた」

「香りを拡散するためにアロマポットを使う人は多いけど、寝室で火を使うのも危ないし、ハンカチに含ませるだけでも十分効果があるから」

穂波がアロマオイルを垂らすと、嗅ぎ慣れた香りが薫まで届く。

「薫も眠れないときはラベンダーなの？」

「わたしは落ち込んだ時に使うかな。ラベンダーは、お母さんの匂いだから」

口に出してから急に恥ずかしさがこみあげ、薫は布団の中に顔をうずめた。

「わたしのお母さん、いつもラベンダーのコロンをつけていたの。子どものころから嗅ぎ慣れてる香りだから、それがあると安心するっていうか」

「……お母さんのこと、残念だったね」

枕元に漂う香りを吸い込み、穂波が言った。

「私、なにも知らなかった。薫がそんなことになってたなんて」

「お互い様だよ。わたしも穂波が日本に帰ってきたこと知らなかったし」

「バレエをやめて帰ってきたなんて言いづらいじゃない？　だから同級生には誰にも連絡してなくて。クリニックを受診した時、薫がいてびっくりしちゃった」

穂波がはじめて眠りの森クリニックに来た時、受付で応対したのは薫だった。

事前に予約を受付けたのは晴美であり、台帳にも名前の記入があったのだが、薫は穂波が海外にいるものだとばかり思っていた。クリニックに現れた姿を見て、ようやく気がついたのだ。

『遊佐さん、はじめての受診ですね。こちらの問診票に記入をお願いします』

薫は他の患者と同じ対応をした。穂波もまた薫に気づいたはずだが、お互いなにも言わずに初診を終えたのだった。

「他の患者さんと同じように接してくれてありがとう」

態度を変えなかったのは、薫が仕事中の身だったからだ。けれどそれが彼女の胸に染みたらしい。それから彼女との仲が復活し、いまではクリニックのみなも薫と穂波の関係を知っているが、職員の知人だからといって特別扱いはしていない。

「……どうしてバレエをやめたのか、聞いてもいい？」

おそるおそる尋ねた薫に、穂波はわりにあっさりと答えた。

「練習のしすぎで腰を悪くしちゃったの。日常生活は問題ないけど、もう、昔のようには踊れないのよ」

「ヨガをやっているときに痛くなったりしないの？」

「むしろヨガで腰回りの筋肉が鍛えられたから、毎日やっているほうが楽なのよ」

身体を動かすにも違いがあるらしい。薫は運動の習慣がなく、そうなんだ、と呟く。

「興味があるなら、体験レッスンに来てみない？」

「みんながばっちりポーズをとっている中で、ひとりだけできなかったら恥ずかしいかも」

　レッスン代も高いのだろうなとは、言えなかった。穂波は渋る薫を説得しようとはせず、話を切り上げる。お嬢様学校に通っていたころとはあまりにも違う生活を送る薫に、彼女も察するものがあるのだろう。

　夜光塗料を塗った目覚まし時計の針が、午前一時を指そうとしている。穂波は何度も寝返りを打って眠りに入る姿勢を探すが、その衣擦《きぬず》れに焦りが感じられ、薫はベッドから手を伸ばした。

「眠れなかったら、朝までずっとお喋《しゃべ》りしようよ。わたしも最近、眠るのがこわいからさ」

「……こわい？」

「嫌な夢を見るの。うなされて目が覚めると、寝た気がしなくて」

　穂波のような不眠症の類ではない。薫は元来眠りが浅いタイプであり、まどろむような眠りの日も珍しくない。ただ今回は、繰り返し見る夢見の悪さが気になっていた。

「目が覚めたとき、家の中に誰かの気配があると、ほっとしてまた眠れるの。今日は穂波が隣にいるから大丈夫そう」

　いつもは寝室の向こうにいる歩の気配を感じながら眠る。特別大きないびきをかいているわけでもなく、寝息が聞こえるほど近くもないはずなのだが、扉の向こうにいる家族の存在が薫の気持ちを落ち着かせてくれるのだった。

「こうして喋ってると、修学旅行の夜みたいだよね」

薫の言葉に、ベッドの下から穂波の笑い声が聞こえた。

「修学旅行といえば恋バナだよね。薫はいま、誰か好きな人はいるの？」

「全然。自分の生活でいっぱいいっぱいで、恋がどんな気持ちかも忘れちゃった」

修学旅行の鉄板トークが始まる。あまりに乾いた自分の恋愛事情に、薫は苦笑しながら
「穂波は？」と返した。

「……実はね、日本に帰ってきたあと、ひとりだけ連絡をした人がいたの」

夜に恋愛話が盛り上がるのはなぜだろう。穂波は白状するように言った。

「同じバレエ教室に通っていた子で、留学してもやりとりがあったから帰ってきたことを話したの。そうしたら、ずっと前から好きだったって言われて、つきあうことになったんだ」

学生時代の夜に語り合った甘酸っぱさがよみがえる。女子高生だったら今ごろ黄色い悲鳴を上げていただろう。しかし薫は、おとなしく彼女の話を聞いていた。

「腰の治療をした病院がリハビリにヨガを取り入れていて、それを受けるうちにハマってヨガ講師の資格を取ったの。彼もはじめは私のレッスンに出てくれてたんだけど……」

ふいに言葉が途切れ、薫は布団の中の穂波をのぞいた。

「一年くらい前かな。バレエを踊ってるときのほうが好きだった、って言われてフラれたの」

穂波はまぶたを閉じている。その唇がかすかにふるえていた。

「昔と違って、恋愛は楽しいばかりじゃなくなったね。私もしばらく、新しい恋はできそうにないや」

長いまつげが静かに開き、穂波は顔のそばにある薫の手を見つめた。

「眠れるまで、手を握っていてもいい？」

まるで子どものような口調で、穂波は言う。触れ合う指先から恥じらいが伝わり、薫はその手を握り返した。

やがて、規則正しい寝息が聞こえはじめたころ、鉄骨の階段を上る足音が家の中に響いた。弟の帰宅を感じたが、薫は睡魔に抗えず、眠りの世界へと誘われていった。

3

火曜日のお弁当

有間姉弟は、容姿行動とも似ていないところが多い。

薫は父親似であり、奥二重の涼しげな目元とくせ毛の髪にコンプレックスを抱いている。毎朝鏡の前で髪の毛と格闘し、雨の日は一日中憂鬱だった。

朝は六時に起床し、朝食とお弁当を作ってから出勤の支度をする。出勤前に二人ぶんの衣類を洗濯機に入れ、スイッチを押してあとは放置。日中はばりばりと仕事をこなし、帰宅するのは午後七時前。夕食をとり、一日の疲れをお風呂で癒し、一一時前には布団に入って就寝する。

弟、歩は母親譲りの可愛らしい顔立ちをしているため、子どもの頃はよく女の子に間違えられていた。背が伸びないことを気にして、牛乳をがぶ飲みすることがよくあった。

朝は低血圧で動きが鈍く、目が覚めてからも活動スイッチが入るまでに少し時間がかかる。毎日十時頃に起床し、洗濯物を干したあとひととおりの家事をこなす。昼頃に空田治療院の手伝いをし、夕方からアルバイトに出かけ、帰宅するのは日付けが変わる直前。一日の疲れをシャワーでおとし、そのまま就寝するかと思いきや、深夜の時間が一番集中力を発揮するらしく、本格的に活動を始める典型的な夜型人間だった。

昼型人間と夜型人間が暮らすと生活はすれ違うが、家事の分担など不便はない。顔を合わせない日が続いても、連絡事項があればテーブルの上にメモを置いておけばよかった。

　ふたり暮らしのはずが、半分ひとり暮らし状態。朝はそれぞれ目覚まし時計をセットし、各々好きな時間に起きて新しい一日を始める——はずだった。

「姉ちゃん、そろそろ起きたら？」

　歩の声がして、薫は目を覚ました。

　めずらしく、弟のほうが早く起きている。目覚まし時計はまだ鳴っていないはずだ。彼も日曜の登校日には早起きをするが、今日は火曜日、起床時間を早める必要はない。

　薫は掛け布団から顔を出し、枕元の目覚まし時計で時間を確認する。

　寝ぼけ眼で時計の針を眺め、ややあってからベッドの上で飛び起きた。

「うそ、なんでこんな時間なの！」

　時計の針は午前八時をまわっていた。

　なかば転げ落ちるようにベッドから降りると、顔をのぞかせていた歩がその勢いにたじろぐ。彼もまた寝起きのスウェット姿であり、前髪はいつもどおりのちょんまげ頭だった。

「目覚まし時計、壊れたのかな」

「違うよ、姉ちゃんが自分で止めてたんだよ」

　指摘されるも、さっぱり記憶がない。薫がパジャマを脱ぐと、彼は急いで扉を閉めた。

　クリニックの開院時間は九時。けれど職員は八時半には出勤して院内の掃除をする。いくら自宅と職場が近くても、身支度を整える時間を考えるとぎりぎりになってしまう。

「やばい、遅刻する！」

有間家に、薫の悲鳴が響いた。


出勤時刻三〇秒前になんとかすべりこみ、薫はなにごともなかったかのようにクリニックの掃除をはじめた。

火曜日も朝からたくさんの予約が入っている。更衣室で最低限の化粧をすませ、薫はいつもどおり受付に座った。診察代の計算は主に晴美が担当し、患者応対は薫の仕事だ。処置室では照美がてきぱきと患者をまわし、診察はスムーズにすすんでいた。

朝食を食べる時間がなかったため、コーヒーにたっぷりの砂糖をいれて空腹をしのぐ。患者から見えないよう隠れてマグカップに口をつけ、その甘さを噛み締めていると、受付の固定電話が鳴った。

「はい、眠りの森クリニックです」

薫はいつもと変わらぬ優しい声色を唇にのせた。

「お世話になっております、藻岩山調剤薬局の薬師丸です」

「お世話になっております」

「本日処方された患者さんのお薬のことで、ひとつ確認したいことがあるのですが、よろしいでしょうか？」

　眠りの森クリニックの処方箋は、坂道を下った先にある藻岩山調剤薬局が受け付けることが多い。駅のすぐそばに診療所があり、そこの門前薬局として長らく営業していた。眠りの森クリニックが開院してから患者の数が増え、今年度から薬剤師がひとり増員された。

「就寝前の薬を処方されている方なのですが、薬の管理が難しいようで、同じ薬を何度も飲んでしまうことがあるそうです。一包化の指示をいただきたいのですが」

　電話の主こそが、コーポ空田の二〇二号室に住む秋峯だった。薫がお隣さんと親しくご近所づきあいをしているのは、こうして仕事で関わることが多いためだ。

「かしこまりました。確認して折り返しお電話します」

「あと、念のため合歓木先生に伝えてほしいことがあるんだけど……」

　秋峯は薫の声に気がつくと、事務的な口調を緩めて言葉を続けた。

「この患者さん、はじめは薬の数が合わないっていうクレームだったんだ。いつも最後で足りなくなるから、薬局で数を間違えて渡してるんじゃないかって。でもよく話を聞いてみたら、同じ薬を何度も飲んでいたみたいでさ。高齢の方なので、念のため報告まで」

「ありがとうございます。合歓木に伝えますね」

薬局から問い合わせがあった場合、いつもなら照美に頼んで合歓木に確認をとっている。今日もそうしようと思ったが、処置室は血液検査の患者が続き忙しそうにしていた。

薫は晴美に受付をまかせ、席を立った。診察室には職員用の入り口があり、ドアを二回ノックして中の様子に耳をそばだてた。

返事はない。まさかと思い、薫はおそるおそる扉を開ける。

「……先生、寝てませんよね？」

「さすがに仕事中は起きてるよ」

彼はそう言うが、伏せられたまぶたは眠っているのか起きているのかわからない。

眠りの森クリニックは電子カルテを導入している。診察中にパソコンを使用するため目が疲れてしまうらしい。眉間をつまんで揉《も》みほぐし、彼は次の患者を促すよう告げる。

「藻岩山調剤薬局から、処方箋のことで問い合わせがあったんですが」

秋峯から連絡があった患者は、高齢により眠りが浅くなり、睡眠導入剤が処方されていた。眠りの森クリニック以外の医療機関からも血圧の薬などが処方されていることは合歓木も把握しており、カルテの内容を確認する。

「いろんな病院から薬を処方されていると管理も難しくなるからね。飲み間違い防止のために一包化してもらおうか」

　一包化とは、調剤薬局で薬を服用ごとに分包することだ。飲み間違いや飲み忘れを防止できる一包化は薬局の独断ではできず、必ず病院からの指示が必要だった。

「この患者さん、診察の時は薬の数について何も話してなかったんだ。薬師丸くんに報告ありがとうと伝えてください」

　加齢とともに記憶力があいまいになり、薬の服用を間違えてしまうことは珍しくない。それが単なる勘違いではなく、認知症の始まりである可能性もある。秋峯はそういった患者に対し、必要があれば病院に報告する細やかな気配りをしていた。

「わかりました。薬局に返答の電話をしますね」

　薫は受付に戻り、薬局に折り返しの電話をかけた。合歓木からの指示を伝え受話器を置くと、クリニックの裏口から来客を告げるインターフォンが鳴った。

「誰かしら？」

　晴美が首をかしげる。患者はまず裏口には来ず、白衣の洗濯を任せているクリーニング業者も午後の約束だ。製薬会社のＭＲは混雑する時間を避けて来院するのが暗黙のルールだった。

「わたし、見に行ってきます」

薫は受付を離れ、裏口にまわり扉を開ける。

そこに立っていたのは歩だった。

「受付、いま忙しい？」

「ううん、大丈夫」

彼は手に紙袋を持っていた。坂道を自転車で登ってきたらしく、息が上がっている。

「姉ちゃん、朝ごはんもなにも食べなかったでしょ。だからお弁当作ってきた」

紙袋を渡され、薫はそれを受け取った。中をのぞくと、大判のタッパーと水筒が入っている。あきらかに一人ぶんの量ではなく、割り箸《ばし》やおしぼりも多めに入っていた。

「作りすぎちゃったからみんなで食べて」

「ありがとう。お昼ごはんどうしようか悩んでたの」

おかずの匂いに、たまらずお腹が鳴る。歩はそれを聞いて肩をすくめた。

「休み明けの月曜に寝坊するならまだしも、火曜っていうのが姉ちゃんらしいよね」

先週末は慌ただしく終わった。日曜日にあらためて冷蔵庫の中を掃除し、解凍されてしまった食材の内容を確認して卵や野菜などの生鮮食品を買い足した。

月曜はその疲れが残りつつも通常通り出勤し、火曜日になって急に疲れが出たのだった。

「お弁当、わざわざ作ってきてくれたの？」

「肉も魚もみんな溶けちゃって、早く片付けないと傷んじゃうからさ」

「お昼にみんなで食べるね。歩のお弁当、喜ぶと思うよ」

「……今回のこと、ぼく、ほとんど力になれなかったから」

後半はしりすぼみに、歩は下を向く。

「別に、あれは予算内でおさまったから、歩が気にすることなんてなにもないよ」

長い前髪が顔にかかると、彼の表情が読めない。のぞきこもうとする姉を遮るように、彼はぱっと顔をあげた。

「じゃあ、今日も午後からバイトだから、もう帰るね」

歩が正面の入り口から入ってこなかったのは、職員の私用を患者に見せないための配慮だ。薫は自転車にまたがって坂道を下る弟の背中を見送った。

午前の診察も無事に乗りきれそうだった。


休憩室で歩のお弁当を広げると、職員はその豪華さに大いに沸いた。

当人は「作りすぎちゃったから」と言っていたが、お弁当の蓋を開けた薫は作りすぎにもほどがあると思った。弁当箱こそ味気ないタッパーだが、中身はお重のそれだった。

鶏の唐揚げに鮭の切り身、卵焼き、さらに大量のおにぎり。おにぎりは具材がなにかひと目でわかるよう、海苔の上に昆布や梅干しのかけらがのせられていた。

「まるで運動会のお弁当だね」

お弁当をのぞきこみ、合歓木が感心したように言う。彼はいつも昼食をカップ麺ですませているため、お弁当と聞いて真っ先にとびついた。

「この時期ならお花見弁当よね」

「お花見かあ。今年は忙しくて花見もなにもできなかったな」

宮田姉妹がそれぞれ言う。彼女たちの昼食は似たり寄ったりで、たいていコンビニで買ったおにぎりやパンだった。歩が作ったおかずを見ては、おいしそう、と口々に呟く。

「お花見なら、クリニックの八重桜があるじゃないか」

いろどりのミニトマトをつまみ、合歓木が言った。

「庭にはベンチもあるし、今日はあたたかいから外で食べるのもいいかもしれないね」

院長の提案に、宮田姉妹がフットワーク軽く庭に降りた。民家だったころの名残りであるベンチを中心に、どこからか探し出したレジャーシートを敷く。あっという間にお花見が始まり、使い古された物干し竿がそれを見守った。

みなで行儀よく「いただきます」と手を合わせ、それぞれ目当ての品を手に取る。

「このザンギ、最高！」

「しょうゆ味じゃなくて、塩ザンギなんだ。大きくてジューシーで、ボリュームあるね」

宮田姉妹がきゃっきゃと声をあげながらおかずを食べる。薫はおにぎりをほおばり、梅干しの酸味に唇をすぼめた。

勢いよく食べていた合歓木がむせる。

「たくさんあるから、ゆっくり食べてください」

こういうときに薫が世話を焼くのも変わらず、水筒の中身を紙コップに注いだ。麦茶だと思っていたが、中に入っていたのは熱々の豚汁だった。

のどにつかえていたおにぎりを流し込み、合歓木は、満足げに息をついた。

「歩くん、手の込んだ料理を作ってくれたんだね」

一見すると簡単な料理ばかりに見えるが、実はどれもひと手間加えられていた。

醤油とみりんで下味をつけてから揚げるザンギは、レモンの利いた塩だれの塩ザンギに。鮭の切り身は味噌漬けにして風味を増している。出汁をたっぷり加えた卵焼きは繊細に巻かれ、豚汁も玉ねぎがとろけるほど煮込まれていた。

食べれば食べるほど、歩の手間隙《ひま》が感じられる味だった。

「仕事中にこんな時間があるのもいいものだね」

宮田姉妹がおにぎりをほおばり、「ん?」と声をあげる。

「このおにぎり、福神漬けが入ってる」

「めずらしいね、おにぎりに入れるなんて」

オーソドックスなおにぎりの具材に、一つだけ異彩を放つものがあった。

「それ、歩の手作りなんです。冷凍してたのが溶けちゃって」

「福神漬けって自分で作れるものなんだ?」

「そうみたいです。時間があるときにこつこつ作ってますよ」

見る間になくなっていくお弁当を見て、晴美がしみじみ呟く。

「歩くん、こんなに料理が上手ならお嫁にほしいくらいだわ」

「薫の仕事中に掃除も洗濯もしてくれるんでしょ。いいよね、家事ができる男の子って」

それに同調する照美を見て、合歓木が苦笑いを浮かべる。彼は料理はおろか掃除も洗濯も不得手だった。

「歩もはじめは家事も何もできなかったんですよ。食べ物の好き嫌いも多かったから、母も献立を考えるのが大変で」

いまでこそ歩が家のことを一手に担っているが、母が存命だった頃は彼もやんちゃざかりの子どもだった。それがいまや、お弁当を届けてくれるまでに成長した。月日の流れを感じていると、クリニックの庭を囲むグースベリーの垣根ががさがさと揺れた。

　やがて顔を出したのは、このあたりに住み着く野良猫の一家だった。

「あら、サビちゃん」

「どうしたの？　ごはんの匂いにつられてきたの？」

　アイドルの登場に、宮田姉妹がとろけた声をかける。紙皿に鮭のほぐし身をのせると、ひくひくと鼻を動かして寄ってきたのは母猫のサビだ。全身をサビ模様で覆われていることから、サビ、と呼ばれている。

　遠巻きに様子をうかがっていた子猫たちも、母猫が気を許したことを確認し、垣根から顔を出した。わらわらと現れた三匹の子猫に双子が黄色い悲鳴をあげる。

　とっくみあいをする兄弟はそれぞれ、クツシタとマエカケと呼ばれている。母猫と同じく、からだの模様をもじって名前をつけていた。引っ込み思案な性格のチョビヒゲは鼻の下のぶち模様をひくひくさせながら合歓木の脚の裏に隠れた。

　合歓木の座るベンチは日向《ひなた》の特等席であり、サビが膝の上にひらりと飛び乗った。母の真《ま》似《ね》をして子猫たちもよじ登る。猫まみれになった合歓木は、お腹が満たされたのか大きなあくびをした。

「――あの、すみません」

どこからか声が聞こえ、薫はあたりを見回した。

「まだ、午後の診察時間には早かったですか？」

赤レンガの正門に女性が立っていた。薫たちの様子をうかがうおずおずとした様子に、薫は冷蔵庫騒動の日に予約を受けた女性だと思いあたった。

予約の名前は、青木小百合《あおきさゆり》。彼女の細い脚には小さな子どもが抱きついていた。ふっくらとしたほっぺたに、色素の薄い髪はまだ短い。子どもの手を引き歩いてきた彼女は、庭でお弁当を広げている職員たちを見て、しまった、という表情を顔に浮かべた。

「まだ……早かったですよね。すみません、お昼休み中に」

「いえ、こちらこそだらしない姿をお見せしてしまって」

予約の時間より早くやってくる患者は多い。薫たちは大急ぎでお弁当を片付けた。

「合歓木先生、患者さんです」

薫は小声で呼びかけるが、合歓木はベンチの上で舟をこぎ始めていた。患者から見えない角度で小突いてみるが、さっぱり効果がない。

「あの、私たち、もうすこし散歩してから来ますので……」

消え入りそうな声で、母親が言う。うつむきがちで、終始おどおどした様子が見て取れる。このまま返すと診察に来なくなるのではと、薫の直感が囁《ささや》く。

げた。

「もう、先生ってば――」

叩き起こそうとした寸前、指しゃぶりをしていた子どもが、日向に集まる猫を見て声をあ
「にゃんにゃん！」

その元気な声で、合歓木が「……にゃんにゃん？」と目を覚ます。やがて患者の姿に気づき、あくびを嚙み殺しながら立ち上がると、サビ猫一家はベンチの下に隠れた。

「こんにちは。小さな患者さんかな？」

猫を追いかけ走ってきた子どもの頭を、合歓木の大きな手が撫でる。

「午後一番で予約を入れている青木さんです。先生、急いで診察の準備を」

「でも、まだ時間があるでしょ？　もう少し日向ぼっこがしたいな」

何を呑気《のんき》なことを、と言いかけ、薫は合歓木の目くばせに気づく。母親とその子どもの様子をうかがう視線があった。

膝を折ってしゃがみ、猫に逃げられ立ち尽くす子どもをのぞきこむ。合歓木ののほほんとした表情は警戒心を和らげるらしく、子どもはおとなしく頭を撫でられていた。

「ぼく、おなまえは？」

「ゆりあ」

「おじょうちゃんだったか、ごめんね」

なんさいですか？　と声をかけると、子ども——ゆりあは指しゃぶりしていた手で二歳だと告げた。気まずそうに立っていた母親が、心配そうに近づいてくる。

「元気なお子さんですね。今日はどのようなご相談ですか？」

「あの、娘の夜泣きのことなんですが……」

母親の年齢は三〇過ぎといったところか。話し方に覇気がなく、風が吹いただけで声がかき消されてしまう。

「夜泣きがひどくてなかなか眠ってくれないんです。先生に診てもらったら、なにか原因がわかるかと思って……」

合歓木に促され、母親はベンチに腰掛ける。子猫たちが興味津々に顔を出し、それを母猫に叱られてひっこめた。

「育児書に書いてある通りに、昼間にたくさん遊ばせたり夕食の献立に気をつけたりといろいろやってみたんですが効果はなくて。なにかの病気かと思ってかかりつけの小児科に連れて行っても、特に問題もないみたいで」

「どなたか、育児を手伝ってくれる人はいますか？　旦那さんやお母様は？」

「転勤で越して来たので、頼れる身内はいません。夫が帰ってくるのはいつも深夜で、仕事で疲れて眠りたいところに娘の夜泣きが重なって、いつもイライラしていて……」

合歓木の質問は問診と変わらないが、ベンチに腰掛ける姿はまるで世間話をしているようだ。母親もまた、緑あふれる屋外の環境が緊張を緩めたのか、おどおどとした雰囲気は残りつつも滑らかに話していた。

「このクリニックが睡眠外来を行っていると聞いたので、子どもの夜泣きも治療できるかと思って予約したんです」

合歓木たちが話している間、ゆりあは庭の中を元気よく走り回っていた。雑草をむしったり花壇の土を掘り返したりと、虫も恐がらず自然を堪能している。男の子に間違われても無理もないほどのおてんば具合だった。

「ゆりあちゃん、そんな草をむしったら手が汚れちゃうよ」

遊び相手になったのは薫だが、ゆりあは制止も聞かず庭をいじりたおしている。

「だめだよ、汚れた手で指しゃぶりしたら汚いよ」

小さな子どもに振り回される薫を見て、合歓木がくすりと笑う。そしてゆりあに手招きすると、抱き上げて母親の膝に乗せた。

「手が汚れちゃったから、ここで洗ってしまおうか。晴美ちゃん、照美ちゃん、洗面器にお湯を入れて持ってきてください。石鹸の代わりに、お塩も少し」

「わかりました」

合歓木の指示に従って、宮田姉妹が診療所の中に消える。

「しまった、タオルも持ってきてもらえばよかった……」

「わたしのハンカチでよければ使ってください。まだ使ってないので綺麗です」

薫が差し出したハンカチタオルを見て、合歓木がにっこりと微笑んだ。

「ありがとう。じゃあ、薫ちゃんはお手伝いをよろしくね」

「手伝い？」

首をかしげたのは薫だけではなかった。娘を膝に抱いた母親もまた、事の成り行きを見守っている。当の本人はきゃっきゃと笑い声をあげながら汚れた手を叩いていた。

やがて晴美たちが洗面器を持って戻ると、合歓木は薫にそれを持つように言った。ベンチの高さに合わせ、薫は膝をついて洗面器を差し出す。合歓木は子どもを母親の膝に乗せたまま、もみじのような小さな手のひらをとった。

「さあ、おててをきれいきれいにしましょうね」

合歓木に促され、薫は洗面器の水をゆりあの手にかける。庭で遊んで上機嫌になっていた彼女は、されるがままに泥汚れを落とした。

「お塩を塗って、もっと綺麗にしましょうね」

小さな手のひらに、合歓木が塩をすりこむ。そしてでたらめな音階で歌いだした。

「虫さん虫さん、出てきてください」

まるでおまじないをかけるように、彼は塩のついた手を洗面器の残り水にくぐらせる。そしてハンカチで手をふいたあと、小さな手のひらをぱちんと合わせた。

「どうかな？　虫さんは出てくるかな？」

合歓木の言葉に、母親と子どもがきょとんと目を丸くする。その表情があまりにそっくりで、薫の口元には自然と笑みがこぼれた。

「あの……先生、虫って？」

子どもの手に虫の姿はない。不思議がる母親に、合歓木が指先で「静かに」と合図を送る。ゆりあはおとなしく手を合わせ、彼は目を凝らして指先を見つめる。

「……ほら、虫が出てきたよ」

呟き、合歓木はなにかをつまみとるしぐさをした。

「いたいた、虫さんがたくさん。僕の手にまで歩いてくるよ」

彼は嬉しそうにそう言うが、薫の目にはなにも見えない。身を乗り出してのぞきこむ薫に、合歓木がつまみとるしぐさをしながら教えてくれる。

「指先から、白い糸くずみたいなのが出てるでしょう？　それが虫だよ」

「糸くず……?」

薫はさらに顔を寄せてのぞきこんだ。

子どもの手は小さい。爪まで小さい。その小さな小さな爪の先をじっと見つめると、白い糸くずのようなものがついているのが見えた。

「――こんなものかな」

合歓木はそれをひょいとつまみとり、ゆりあの手をまた洗面器で洗った。

「さあ、虫切り終わったよ。おとなしくしていて、えらかったね」

合歓木に頭を撫でられた彼女は、なにが起きたのかわからず、ぽかんと口を開けていた。母親の膝の上に乗ったまま、洗ったばかりの手をむすんではひらいている。母親もまた、子どもと同じ表情のまま合歓木を見つめていた。

「ゆりあちゃん、虫切りをしたので今日はぐっすり眠れると思いますよ」

診察時間が近づき、晴美と照美がそれぞれ後片付けを始めた。薫も洗面器の中身を垣根の間に捨てたが、なにが起きたのか理解できずにいる。それは母親も同じようだ。

「お母さん、『疳《かん》の虫』ってご存知ですか?」

合歓木がハンカチで手を拭いながら説明した。

「子どもが興奮して泣いたり怒ったりするのを、疳の虫っていいますけど……」

「そう。いま僕が、その疳の虫を退治したんです。虫切りの虫は疳の虫のことなんですよ」

「でも、虫の姿なんてどこにも……」

そう言いかける母親に、合歓木はなおいっそう目を細めた。

「昔から、感情の起伏が強い子どもを疳が強いと言っていたんです。最近は疳の虫の概念が薄れてきたから、知らない人も多いと思いますよ」

後片づけを終えた宮田姉妹が、会話の隙間を狙ってそっと言葉を挟む。

「あたしたちも子どものころ、おばあちゃんにやってもらったんですよ」

「そうそう。合歓木先生とはちょっとやりかたが違っていたけどね」

口々に言う彼女たちの会話を、合歓木が拾う。

「今日のお子さんの治療はこれで終わりです。また夜泣きがひどくなったら、ここで虫切りをするので連れてきてください」

よいしょ、とはずみをつけて立ち上がった合歓木を、母親がなおも不安そうに見上げた。

「あの、じゃあ今日はこれで終わりなんですか？」

「せっかくですから、すこしクリニックで休んでいかれてください。お母さんも、お子さんの夜泣きであまり眠れていないんでしょう？」

合歓木に促され、母親が立ち上がる。ゆりあはまた新しい興味対象を見つけたのか、庭の中をちょこまかと歩き回っていた。

「でも、治療が終わったなら早く帰って家の中を片付けないと……」

「いちおう、午後一番の診察はあなたのための時間ですから。なんでしたら、僕がお子さんと一緒にお昼寝しましょうか？　食後はいつも眠くて眠くて」

合歓木はわざとおどけた口調で言う。その様子を見守る薫に、晴美がこっそりと声をかけた。

「薫、カルテの作成はお母さんの名前でね」

「でも、治療はお子さんの虫切りって……」

「いまのはね、お母さんのためのおまじないなのよ」

母親に聞こえないよう、晴美は耳打ちをする。

「虫切りって、本当はお医者さんじゃなくて、お寺のお坊さんや近所のおばあちゃんがするものなの。お母さんはそこで虫切りをしてもらうことで育児の悩みを話せるわけ。小さな子どもって母親の不安な気持ちを敏感に察知するから、母親の気持ちが落ち着くことで安心が伝わって、夜泣きが減ったりするのよ」

「……じゃあ、目に見えた白いものって、ただの糸くずなの？」

「糸くずかもしれないし、本当に虫が出ているのかもしれないし」

晴美はそこをあいまいに濁し、目元をにやりと細める。薫の反応を楽しんでいるようだ。

「お母さんが子育てで参っているのは目に見えているしね。これから先生がその診察を始めるわ。あたしたちは合歓木先生のサポートをするのよ」

晴美に背中をはたかれ、薫はクリニックへと急ぐ。合歓木は母親と談笑をしている。診察とわからぬよう細心の注意を払って、彼は少しずつ彼女に心を開かせているのだった。

クリニックの木々を風が吹き抜ける。八重桜の花びらが散り、合歓木はそれを浴びながら心地よさそうにまなじりをさげた。その穏やかな表情を見て、こわばっていた母親の瞳が少しずつ和らいでいく。

「……ゆりあ、今日は本当に、寝てくれるでしょうか？」

「お母さんの優しいおやすみの言葉が、ゆりあちゃんにとって一番の子守り歌ですよ」

合歓木は前髪についた花びらを指でつまんだ。

「お母さんのおはようの言葉で、新しい一日が始まります。ゆりあちゃんは日々少しずつ成長していきます。何年か後に、お母さんが夜泣きをなつかしく思えるようになるまで、僕もお手伝いしますから」

静かな花吹雪の中、合歓木のまぶたがゆっくりと開かれる。

その瞳は凪《なぎ》の海のように静かな優しさをたたえていた。

4

水曜日の隣人

暦が六月に変わると、近づくボーナスに心が躍った。

月のはじめ、医療機関はレセプト請求業務に追われる。予約診療も通常通り行うため、どうしても残業になってしまうのだが、水曜日の夜には無事終えることができた。

薫は帰宅早々湯船にお湯をはり、お気に入りの入浴剤を溶かして肩まで浸かった。

「あー、生き返る……」

湯気が満ちてぼやける視界の中、たまっていた疲労が胸の奥からあふれ出る。締まりのゆるい蛇口から、ぽたり、ぽたりと一定のリズムでしずくが落ち、それに呼応するかのように屋根を叩く雨音が強さを増した。蝦夷梅雨《えぞつゆ》がはじまり、雨の日が続いていた。

歩はまだ帰ってこない。相変わらず、すれ違いの多い日々を過ごしていた。

登校日の日曜は、薫も朝から玄関で弟を見送ったものだ。けれど最近は穂波と一緒に寝過ごしてしまうことが多い。腰の治療を受けた彼女は直人に定期通院を勧められ、施術を受けるたび睡魔に抗えず、薫の部屋に泊まるのがお決まりのパターンになっていた。

屋根を叩く雨のメロディのむこうから、階段を上る足音が聞こえた。秋峯のものか、あるいは歩が帰ってきたのか。耳をすませ、薫はその足音がやけに乱れていることに気づく。

人数もひとりではない。まるで誰かを支え、一歩ずつ上らせているかのような。

「――姉ちゃん、お願い、ちょっと来て！」

玄関から歩の声がして、薫は湯船から出た。

パジャマに着替え、濡れ髪をバスタオルで巻く。汗ばんだ素足がぺたぺたと足音を立てた。

「どうしたの、歩」

「直ちゃんが酔っぱらってるんだ。中に運ぶの手伝ってよ」

彼の腕に抱えられたのは、ふらふらと千鳥足になって歩く直人だった。

かなり飲んでいるのだろう、顔が真っ赤に染まり、目がすわっている。薫が手を貸すと、酒と煙草の煙が入り交じった酔っ払いのにおいがした。

「治療院の電気がついてたから、まだ診察してるのかと思って顔を出したんだ。そしたら直ちゃん、お酒持ちこんでひとりで飲んだくれてたんだよ。煙草も吸ってさ」

「なによう、アタシのなんだからアタシの好きにしていいでしょう」

直人はろれつもまわっていない。居間まで運ぶと、彼は座布団につっぷした。

ふたりとも傘を持っていなかったのか、服の色が変わっていた。歩はバックパックを床に放り投げ、濡れたパーカーを乱暴に脱ぎ捨てる。

「姉ちゃん、お風呂終わった？　まだお湯残ってるならぼくも入っちゃおうかな」

身体には厨房のにおいが染みついていた。靴下を脱ぎちらし、歩は風呂場へと直行する。

薫は頭にバスタオルを巻いたまま台所で水を汲んだ。

「直ちゃん、お水飲んだらすこしは楽になると思うよ」

つっぷしたままの彼は、座布団を抱きしめる指先がぷるぷるとふるえている。ここで吐かれたら大変だ。薫が背中に手をそえると、直人はようやく身体を起こした。

その顔は雨と涙でぐちゃぐちゃに濡れていた。

「聞いてよ、かおるううう」

「どうしたの、直ちゃん」

驚く間もなく、彼はお腹に抱きついてくる。逃げることもできず、薫は直人に膝枕をするかたちになった。

「今日の診察、危なかったの。貞操の危機だったのよおおおお」

普段の甘い声はどこへやら、男らしい咆哮《ほうこう》に鼓膜がびりびりとふるえる。

「最近よく通院していた患者で、腰が痛くて動けないっていうから往診に行ったの。そうしたら、腰が痛いなんて嘘で、アタシを襲ってきたのよ。ショックだったわ」

「でも、無事逃げ切れたんだもんね？」

「もちろん、力いっぱい背負い投げしてやったわ。人を力ずくでどうこうしようなんて最低よ。往診依頼が来てももう二度と行かないわ」

泣きじゃくる直人の頭を、薫はよしよしと撫でる。

直人は艶っぽい見た目で勘違いされることが多いが、心はピュアな乙女であり、色恋沙汰に巻き込まれては傷ついて帰ってくることが多い。そのたびにやけ酒をあおり、治療院で酔いつぶれているところを有間姉弟に発見され、二〇一号室に担ぎ込まれるのだった。

「なによもう、アタシはまじめな恋愛がしたいのに、なんでいつも変な人ばっかり寄ってくるのよ。薫なんてお風呂上がりのパジャマ姿でも全っ然色気がないのに」

「……それは、褒め言葉として受け取っていいの？」

「薫は逆に、もっと恋愛をするべきよ。恋をしなさいっていつも言ってるじゃない」

ひとしきり泣いて落ち着いたのか、彼はいつもの毒舌を取り戻しはじめた。

「秋峯なんてこの間、熟女を連れ込んでたのよ。お隣は年相応にお盛んなのに、薫も歩も真面目すぎるのよ、もっと若者らしくしなさい」

「わたしは、歩のことが落ち着くまではまだいいかな……」

「いつもそんなこと言って、ぐずぐずしてたらあっという間に三〇よ。アタシはこのアパートから白無垢の薫を見送るのが夢なんだからね」

薫のふともから離れようとしないあたり、彼はまだ酔っているようだ。その頭を撫でながら、薫は静かに訊ねた。

「直ちゃんは、どんな恋愛が理想？」

「有間部長よ。あんなに幸せそうな家族、忘れられないわ」

「お父さんと、お母さん？」

寝返りを打ち、直人は薫を見上げる。

「部長は筋金入りの仕事人間で、部下にも自分に厳しい人だったわ。でも、仕事が終わると人が変わったように優しくなって、よくアタシたちを晩ごはんに誘ってくれたのよ」

父が部下を家に招いていたときのことを、薫はよく覚えている。あの頃の直人はまだスーツ姿の凛々《りり》しいサラリーマンだった。幼いころの薫や歩と遊んでくれた気のいいお兄さんであり、彼を直ちゃんと呼んでいるのはその名残だ。

「部長って本当に奥さんのことが大好きだったのね。こっちが見ていて恥ずかしくなるくらいメロメロで、仕事とのギャップが面白くて」

「そうだったんだ……」

直人は薫の知らない父の話をしてくれることがあり、それを聞くのがひそかな楽しみだった。

「これが理想の家庭だと思った。自分もこんなふうに人を愛せたらって思っていたけど、間近に見ているうちにそれが妬ましくなっちゃったの。そんな自分が醜くて、突然家に行かなくなってごめんなさいね」

直人はある日突然会社を辞め、有間家に姿を見せなくなった。鍼灸師の資格を取って小さな治療院を開いたと風の噂に聞いていたが、関係は疎遠になってしまった。

彼は葬儀にかけつけると、誰よりも大きな声をあげて泣いた。

「昔から情に篤い人だったけど、リストラの話を聞いた時は驚いたわ。会社に人員削減をするよう命じられて、部長はひとりひとりの再就職先を探したあげく、最後に自分の辞表を出したなんてね。子どもたちにお金がかかる時期だったのに大企業を辞めちゃうなんて……」

当時を思い出したのか、直人が鼻をすすった。

「まだ小さな子どもだったあんたたちがさ、お通夜の席で気丈にふるまっているのを見て、アタシ、有間部長の忘れ形見をなんとしてでも守ってあげなきゃって思ったのよね」

「あの場に直ちゃんがいなかったら、わたしたち、いまごろ路頭に迷っていたかもしれない」

父と母には頼れる身寄りがいなかった。薫も未成年であり、世間知らずのお嬢様のかわりに直人が様々な手続きをしてくれた。あの時彼がいなかったら、薫は身の振り方もわからず途方に暮れていただろう。

「歩はお母さんに生き写しだけど、薫はやっぱりお父さんに似ているのね。自分に厳しいところとか、似なくていいところまでそっくりよ」

彼は酔いで朦朧《もうろう》とした眼差しで薫を見上げる。バスタオルのすき間からこぼれた髪に手をのばし、いとおしむように指先に絡めた。

「あんたはもっとわがままになっていいのよ。女の子なんだから、男の子を困らせちゃうようなわがままのひとつやふたつ、言っていいんだからね……」

やがて直人は力尽き、膝の上でまぶたを閉じる。薫がその寝顔を見つめていると、歩が風呂場から戻ってきた。

「姉ちゃん、今日の入浴剤、すっごいにおいだったよ」

長風呂派の姉と違い、彼はからすの行水ですませることが多い。部屋着のスウェットに髪のしずくを落とし、窓を開けて外の空気を吸った。

「ごめん、歩は蒸留水の香り好きじゃなかったもんね」

「オイルの匂いは好きなんだけど、あの青臭いにおいは苦手なんだ」

今日、薫が湯船に入れたのはラベンダーの蒸留水だった。

植物から精油を抽出する方法は様々あり、最もポピュラーなのが蒸気の熱で植物の芳香成分を蒸発させる抽出法だった。水蒸気が冷えると液体に戻り二層に分かれ、上に浮いた成分が精油になる。芳香成分の溶け込んだ蒸留水は草木の香りが残るのが特徴だった。

「直ちゃん、寝ちゃった？　今日はこのまま泊めてあげよっか」

「そうだね。歩の部屋に布団敷いちゃおう」

　薫は膝枕を外し、しびれた足を引きずり立ち上がる。歩の部屋には押入れがあり、そこに来客用の布団を収納している。薫は手早く布団を敷いた。

「直ちゃん、起きて。ちゃんと布団で寝よう」

　歩が手を貸すと、直人は目を覚まし歩の顔を見つめた。その瞳がやけに熱っぽい。

「直ちゃん？」

　視線を感じ、歩がたじろぐ。しかし、寝室に運ぼうとしていたため、かなりの密着状態だった。逃げるのも間に合わず、彼は直人の熱い抱擁を受ける。

「歩ったら、その話し方、有間部長にそっくり！」

　直人が頬に熱烈なキスをする。歩はそれに悲鳴をあげた。

「やめて、直ちゃん！　髭が痛い！」

　情熱的なキスの雨が降りそそぐ。歩は必死に抵抗するが、がっちりとホールドされて逃げることもできない。

「姉ちゃん、助けて！」

「……ちょっと、わたしには無理かな」

　ふたりの様子を見て、薫は笑いを噛みしめながら答えた。

「直ちゃん、歩のこともお父さんに似てるって言うんだね」

「いいから助けてよ……直ちゃん、口はやめて！　口は！　口だけは！」

じゃれあうふたりをよそに、薫は散らかった居間を片付ける。歩が放ったままのバックパックはチャックが開いていたのか、中のテキストが雨に濡れてしまっていた。

「乾かさないと、しわになっちゃう」

中に入っていたのは、学校に提出するレポートだった。アルバイトの合間にも勉強にいそしんでいるらしい。薫は何気なく教科書の束を整え、中にパンフレットが混じっていることに気づいた。

冊子はどれも、札幌市内にある大学のものだった。私立公立問わず、さまざまな学校のものがある。学部やカリキュラムの冊子や、オープンキャンパスに関するお知らせ。授業の特色も商業課程や調理課程など統一感がない。

しかし、彼が大学進学を視野に入れていることが、見てとれる。

歩は格闘の末、直人を布団に運ぶことに成功したようだ。乱れた着衣を整えながら戻ってくると、姉が手に持ったパンフレットに気づき力ずくでうばいとった。

「勝手に見ないでよ」

「ごめん。でも、これ、大学の資料だよね？」

「姉ちゃんには関係ないよ」

　ぶっきらぼうに言い、歩はバックパックを自分の部屋に放る。

「関係あるよ。歩、もしかして大学に進学したいと思ってるの？」

　歩は進路の話をすることを避けていた。けれど高校を卒業する年になり、彼なりに今後のことを考えていたに違いない。トラットリアでは正社員雇用の誘いもある。

　これは話し合ういいきっかけだと思い、薫は一歩踏み込む。

「進学するなら応援するよ。学費のことも——」

「そんなお金、うちにあるわけないじゃん」

　みなまで言わせず、歩は話を遮った。

「大丈夫だよ、歩。わたしも働いてるし」

「医療事務のお給料じゃ、生活していくだけで精一杯じゃん。大学進学って、受験料も入学金も教材費も、とにかくお金がかかるんだよ」

「お金の心配はしなくていいよ。歩がやりたいことをするのが一番だから」

「姉ちゃんは大学に行くのがどれだけ大変かわかってないんだよ」

　濡れた髪をかきむしり、歩は吐き捨てるように言った。

「専門学校にも行ってない、高卒の姉ちゃんにはわかんないよ！」

○

雨の日の衝突から一週間。歩とひと言も会話をしていない。

顔を合わせる日はほぼ、ない。薫が午前診療で帰宅しても、家の中は空っぽだった。深夜、薫が寝入った頃に帰宅しているようだが、歩は明らかに姉のことを避けていた。

直人はいびきをかいて眠っていたため、姉弟喧嘩があったことを知らない。週末の土曜は穂波が来て泊まっていった。歩は夜遅くまで帰ってこなかった。

翌週の水曜日の夜、薫はひとりで夕食をとった。新しい冷蔵庫もすっかり台所にとけこんでいるが、料理をする気にはなれず、見切り品の惣菜を買うばかり。湯船にお湯をはるのも億劫《おっくう》で、シャワーで済ませようかと考えていると、玄関のベルが鳴った。

居留守をしようか。そんな気持ちが頭をもたげたが、もしかしたら歩が鍵を忘れたのかもしれない。ドアスコープをのぞいたが、そこには薫が期待していたのと違う顔があった。

「薫ちゃん、もう夜ごはん食べちゃった？」

今夜の来客はお隣の秋峯だった。

「今日、仕事で中島公園に行ったから買い物してきたんだ。これ、おすそわけ」

彼は手に買い物袋を持っている。薫が遠慮するよりも早く、問答無用で渡した。

「いつももらってばかりですみません」

「いいのいいの、安かったから」

小さな袋だが、意外と持ち重りがする。いったい何が入っているのか、ビニール袋の隙間から中をのぞくと、大量のパンの耳が入っていた。

「一キロで五〇円なんだよ」

「安い」

量と値段のギャップに、薫は目を丸くする。

「職場の近くにサンドイッチ屋があって、そこでパンの耳を売ってるんだ。俺も給料日前はよくお世話になっててさ、ひさしぶりに買ってきたんだ」

パンの耳といえば、安くてたくさん食べられるザ・貧乏のお供である。なぜ秋峯がこれを買う必要があるのか、薫の疑念に気づかぬまま、彼は一本つまんでぽくぽくと咀嚼する。

「今日、前の職場で薬剤師の欠勤があってさ、俺がヘルプで出勤したんだよ」

彼の働く調剤薬局はチェーン店であり、市内各所に支店がある。中島公園店は彼が以前に働いていた場所であり、行くと即戦力になり重宝されるのだろう。

「今日は薬の配達の仕事だったから、途中で寄り道してこれを買いに行ったわけ」

「じゃあ、二キロも持って帰ってきたんですか」

「仕事が終わったら薫ちゃんにあげようと思ってさ。うまいんだ、ここのパンの耳」

もう一本つまみ、彼は言う。咀嚼して飲みこむまでじっくりと時間をかけ、人気のない空田家の部屋をちらと見た。

「薫ちゃん、歩くんとなにかあった？」

「え？」

「先週、なんか不穏な空気がしてたから」

このアパートって壁が薄いよね。彼はそう苦笑する。薫たちが秋峯の生活音が聞こえるように、彼にもまた薫たちの生活が伝わるのだ。

「よかったら、こないだの冷蔵庫のお礼、してくれない？　甘いものでも食べに行こうよ」

薫は断りの言葉が見つからないまま、彼に誘われアパートを出た。


秋峯の車に乗ると、時刻は二一時を過ぎていた。助手席に座った薫は、行き先もわからず拾われた子猫のように大人しくしていた。

彼の車は、高級住宅街の坂道を登っていた。

高いところにはお金持ちが集まると言うが、藻岩山もその例に漏れず富裕層の人々が住んでいる。ワーゲンバスが苦しそうにエンジンをふかし、次々と現れる豪邸に薫は圧倒されてしまう。

「こんなところにでかい家を建てるなんて、住人たちはなんの仕事をしてるんだろうな。先祖代々続く地主とか、働く必要もないくらいの資産家とか？」

「わたし、こんなところにいる自分がとても場違いに思えるんですけど……」

「いいのいいの、これから行くところは庶民が集まる店だから」

やがて坂を登りきると、豪邸とは違う小さな建物が見えた。斜面に刺さるように建てられた姿はマッチ箱のようで、入り口に電飾で縁取られた看板がある。喫茶店の名前に安堵し、薫は秋峯に続いて店の中に入った。

入り口は小さく、薫たちを出迎えたのはなぜかエレベーターだった。二つほど上昇するとほどなく止まり、フロアへと案内する。

店内に入ると、壁一面に張られた窓ガラスが出迎えた。照明は極限まで絞られ、テーブル席から外の景色を望めるようになっている。

眼下に広がる展望に、薫は感嘆の声をあげた。

「綺麗……」

窓の外には札幌の夜景が広がっていた。

薫は秋峯と向かい合わせに座る。目は夜景に釘付けになり、彼はそれを見て満足げにうなずく。

「秋峯さん、よくこんなお店知ってましたね」

「藻岩山の夜景は札幌市民のデートスポットだからね」

秋峯はこういう場面に慣れているのだろうな、と薫は心の中で呟く。

「山頂まで行くのもありかなと思ったんだけど、夜の展望台はまだ寒いし、ゆっくり話すならこっちのほうがいいだろうからさ」

藻岩山山頂に向かうには、ロープウェイに乗り中腹まで上る手段と、車で藻岩山観光道路を登坂するふたつの方法がある。どちらも最後はケーブルカーに乗り換えるが、山頂からの展望は日本新三大夜景にも選ばれ、一年を通してたくさんの人が訪れる観光スポットだった。

「俺は車だから飲めないけど、薫ちゃんお酒飲んでもいいよ」

水とメニューを運ぶウェイターは、薫の服装をちらと一瞥《いちべつ》したが、あえてなにも言わなかった。店の名前は喫茶店であるが、アルコールの提供もあり雰囲気はバーに近い。ドレスコードがあるわけではないが、薫のトレーナーはあまりに庶民的すぎた。

隣のテーブルにいる若者の男女グループはとても盛り上がっている。薫は氷の浮いた水を飲みながらメニューを確認し——噴き出しそうになるのをすんでのところでこらえた。

「あああああ秋峯さん」

彼は薫の反応にいたずらっ子のように笑った。

「コーヒー一杯ですんごい値段がするんですけど」

まさしく目の玉が飛び出るような価格。一〇〇〇円を切るものがない。お酒をちょっと頼むだけで、トラットリア・リラならディナーでお腹いっぱい美味しいものが食べられる。

秋峯には夕食をごちそうになった過去があり、今日こそはこちらが勘定を持たなければならない。しかし、たかだかコーヒーや紅茶に数日分の食費がとんでいくことを、長年染み付いた貧乏根性がどうしても許せない。

「決まった？」

「……ミルクティーにしようかな」

メニューの中で一番安いものを選ぶ薫を見て、秋峯がぷっと噴き出した。

「高いよね、ここ」

「そう思います」

正直に肯定する薫に、彼は小さな子どもを見るようなまなざしを向ける。

「この値段って、ようするに場所代だからさ。奮発しておいしいもの食べようよ」

彼はメニューをとりあげ、ウェイターを呼んだ。

「ミルクティーとコーヒー、あとジェラートふたつで」

「かしこまりました」

ウェイターはもともと無愛想な人らしい。軽く会釈をすると、隣のテーブルのグループに呼び止められ、そちらに向かう。

注文を済ませた秋峯を、薫は顎が外れそうな勢いで見つめた。飲み物だけにするつもりだったため、ジェラートの値段を確認していなかった。財布にいくら残っているのか必死に思い出すが、手持ちが心もとない。

「大丈夫、俺もちゃんと払うから」

「いつもおすそわけをもらったり、ごはんに連れていってもらったり、申し訳なさすぎます。今日はわたしがちゃんと払いますから」

お金の問題は人間関係に如実に影響する。身をもってそれを知っている薫は語気が強くなってしまい、秋峯は面食らったように身体を引いた。

「薫ちゃんって、ほんと真面目だよね。世の中には財布を出さない女の子もいるのにさ」

秋峯がそう呟きながら、ちらと隣のテーブルを見る。男三人、女一人と合コンには見えないが、まだ親の庇護を受けているであろう若者ばかりのグループだ。なぜこんな高級店に平然と出入りできるのか、男子たちはこぞってカクテルを注文していた。

「サイドカーで」

「マティーニ」

「あとマルガリータ」

ウェイターとのやりとりを聞き、秋峯の眉がぴくりと動く。薫はカクテルの種類がわからず、呪文にしか聞こえない。

「駐車場に停まってた車、たぶん隣のやつらのだよ。若いのにいい車乗ってるよな」

秋峯が隣に聞こえないよう小声で話す。ワーゲンバスを駐車場に停めた際、隣に大きなランドクルーザーが停まっていた。薫にもわかる高級車だ。

「案外、ここの近所のぼんぼんで、親にいろんなもの買ってもらってるのかもな。俺たちとは別世界の資産家だったりして」

「でも、秋峯さんが乗ってるのも有名な車なんですよね？」

彼の乗るワーゲンバス。気になって調べてみると、かの有名なフォルクスワーゲンだった。

「あれ、兄貴の車なんだよ。女の子とドライブに行った時、あの車で迎えに行ったらフラれた苦い思い出があるんだよな」

「わたし、あの車かわいくて好きですよ」

「ありがとう。そんな優しいこと言ってくれるの薫ちゃんだけだよ」

窓のむこうには都会の喧騒が創りだす宝石箱のような夜景が広がり、会話に華を添える。碁盤の目にならぶ街並みの隙間、主要道路を走る車のヘッドライトが流星群のように流れていく。

瞳でそれを追っていると、ウェイターが注文の品を運んできた。飲みものはカップが小さく、これで一〇〇〇円超え……と唾を飲むと、カクテルグラスに盛られたジェラートがソーサーの上に置かれた。

指先で軽く弾いただけでヒビが入ってしまいそうなほど、薄く繊細なグラスだった。ジェラートは三種類それぞれ味が異なるらしく、生クリームやフロランタンで飾られ、薫が想像していた姿と違っていた。

「パフェ、ですか？」

「こういう店のメニューにパフェが載ってたら雰囲気崩しちゃうから、ジェラートって呼んでるんだよ」

秋峯の解説に、薫はなるほどとうなずく。学生時代、同級生とファミレスで食べたパフェとは全くの別物であり、大人の雰囲気を醸す夜のデザートだった。

「薫ちゃん、シメパフェって知ってる？」

「シメパフェ？」

　耳慣れない言葉に、薫は首をかしげる。

「飲みに行ったあと、シメにラーメンじゃなくてパフェを食べに行くのが流行《はや》ってるんだよ。すすきのにはパフェ専門店もあってさ、その流れでこういう店でも出すようになったんだ」

「知らなかったです」

「薫ちゃん、外に飲みに行くようなタイプじゃないもんね」

　秋峯の指摘はするどい。薫は苦笑するしかなく、視線を窓の外にやった。

　さんざめく夜景の中、すすきののネオンがいっそう輝きを放っている。花の金曜日になるとすすきので飲み明かす人も多いが、薫にはその経験がない。

「こういうところに連れてきてもらったの、はじめて……」

　薫は柄の長いスプーンを手に取り、生クリームとジェラートをすくって食べた。ホイップクリームは甘さ控えめで、ジェラートも舌触りがよい。緑色はピスタチオが練り込まれてるらしく、ナッツの香ばしさが舌の上に広がり、淡雪のように溶けた。

「おいしい」

「そう言ってもらえると、連れてきた甲斐《かい》があるよ」

　甘さに頰が緩む薫を見て、秋峯もスプーンを取る。ジェラートを食べ、目を細めるしぐさが少しだけ合歓木に似ていた。

「秋峯さんは、彼女さんとよくここに来るんですか？」

「彼女？」

薫の問いかけに、彼は目をぱちくりと瞬かせた。

「いないよ、彼女なんて」

「でも、この間、家の前で女の子が待ってたじゃないですか」

指摘に、彼はカカオ味のジェラートを食べながら明後日《あさって》の方向を見やる。

「……あれね、妹なんだ」

なんて見え透いた嘘をつくのだろう。はぐらかす秋峯に薫はさらに突っ込む。

「直ちゃんが、年上の人を家に入れるのを見たって」

「それ、姉貴だから」

「熟女っぽい人と仲良さそうに歩いてたとか……」

コーヒーに口をつけた秋峯が、盛大に噴き出した。

「なにそれ、俺、ずいぶん遊んでるように見られてたんだ！」

大きな声で彼が笑い出す。隣のテーブルの男子たちが、じろりとこちらをにらんだ。

「あれ、お袋だから。うそでしょ、こんなこと言われたのはじめてだわ」

「お母さん？」

「うちの実家、超ど田舎でさ。よく家族が札幌に遊びに来て、宿がわりに泊まるわけ。俺、五人兄弟の真ん中なんだよ」

笑いの波が引かないらしく、彼はお腹を抱えてひいひいと喘《あえ》いでいる。隣のテーブルの女の子が、酔いのまわった足取りでお手洗いに立った。

「一番上に兄貴がいて、姉貴、俺、弟、妹の五人。それとお袋」

「大家族ですね」

「親父は俺が子どもの頃に船から落ちて死んだんだ」

あっけらかんと、彼は言った。

「親父は漁師でさ、新しい船を買ったばかりの時に借金残して逝《い》っちゃったんだよ。末の妹はまだ小さくて、兄貴が高校を中退して船に乗ったんだ。姉貴もバイトをかけもちして働いて、俺は稼ぎのいい仕事に就きたくて、奨学金を借りて自力で大学に行ったわけ」

薬剤師になるためには、六年制の薬学課程を修了し、国家試験に合格しなければならない。カリキュラムも多いなか、少ない奨学金とアルバイト代で学費と生活費を賄う生活はどれだけ大変だっただろう。彼に様々なバイト遍歴がある理由を薫は改めて知った。

「いまは奨学金を返しながら実家に仕送りしてんの。だからコーポ空田の安い家賃がありがたいんだよな」

あのアパートの最大の魅力は家賃の安さであり、住人にも訳ありの人が多い。なぜ高給取りの薬剤師である秋峯が隣に住んでいるのか、薫は常々不思議に思っていた。

「わたし、てっきり趣味にお金をつかうタイプの人だと思ってた」

「あの車に乗ってると、車のエンゲル係数が高いと思われるよな。ワーゲンバスは兄貴が趣味で買ったやつで、実家だと潮風ですぐ錆《さ》びるからって俺におしつけたんだよ」

公共交通機関が充実している札幌の生活は車がなくてもやっていけるため、車持ちはある程度余裕がある人だと思われる場合もある。

「薬剤師をしてるって言うと、女の子の目の色が変わるんだよな。でも俺の節約事情に気づくと、思ってたのと違ったってフラれることが多くて」

「でもわたし、いつもごちそうになってばかり……」

「薫ちゃんたちを見てると、田舎の弟妹を思い出して、なにかしてやりたくなるんだよ」

彼いわく、年のころも近いらしい。末の妹はまだ高校生なのだそうだ。

「大学時代が一番貧乏で、自分が生きていくだけでいっぱいいっぱいだったんだけどさ。薫ちゃんは若いころから弟の面倒を見ていて、偉いなって思ってたんだよ」

彼とは家庭環境の深い話をしたことはないが、おおまかな事情は普段接するうちに察するものがあったのかもしれない。

「別にわたしなんて、ただ家賃と食費をやりくりしてるだけですよ。歩も子どもの頃から勉強を頑張って、特待生で高校進学したし」

「どこの高校？」

「啓明《けいめい》学院です」

「超進学校じゃん」

市内でも一、二を争う偏差値の高い高校だ。卒業生は北大をはじめ超有名大学に現役合格していると評判で、秋峯は舌を巻いた。

「じゃあ、いまは大学生？　北大とか？」

「ううん。まだ、高校生なの」

姉弟喧嘩について聞いてもらうつもりでこの店にやってきたのだ。薫はミルクティーで唇をしめらせ、話しはじめた。

○

薫が新社会人として働きはじめた年は、歩が中学校に入学した年でもある。

幼い頃から小柄だった歩は、身長が伸びることを見越して誂《あつら》えたぶかぶかの学ランを着て登校していた。引っ越しにより学区が変わってしまい、小学校時代の同級生とは離れ離れになってしまったが、学校生活で困ったことはないかと訊ねると、「背が伸びないのが悩み」と笑う普通の男の子だった。

薫は慣れない仕事と家事に追われ、食事はもっぱらスーパーの値引き品だった。夜に洗濯機をまわし、脱水をかけている最中に眠ってしまったことが何度もある。医療事務の試験勉強もなかなかはかどらず、慌ただしい毎日を過ごしていた。

その年の冬、札幌は記録的な豪雪に見舞われた。

朝からしんしんと降り積もっていた雪は、昼間に暴風雪へと変わり路面電車が運休になった。帰宅ラッシュの時間には運行が再開されたが、歩道には大量の雪が残り、薫はブーツでかきわけどうにかこうにかアパートにたどり着いた。

「姉ちゃん……助けて……」

階段を上る薫の耳に、どこからか声が聞こえた。弟のものだが、姿が見えない。

「ここだよ……動けないんだよ……」

外灯の明かりを頼りに周囲を探すと、歩が隣のマンションとの隙間にはさまっていた。

隣に新築のマンションができてから、アパートとの間の壁に雪がたまるようになっていた。

彼はその雪山の中にすっぽりとはまっていたのだった。

「なにしてるの、こんなところで」

薫がひっぱりだすと、全身雪まみれになった歩は除雪用のスコップを持っていた。雪山に上ろうと足をかけたところ、中の空洞を踏み抜いてしまい、そのまま動けなくなったらしい。

「ああ、よかった。遭難するところだった」

歩が心底安堵したように言う。なぜわざわざこんな雪の日に外にいるのか。薫が事態を飲み込めずにいると、アパートの陰から大量の雪を押して運べるスノーダンプを押した直人があらわれた。

「薫、帰ってきたの。あんたも手伝ってよ」

スノーダンプには大量の雪が積まれていた。雪かきは重労働であり、汗だくの直人は問答無用で薫にスコップを渡す。歩も学校から帰宅したところを同じように狙われたらしい。

「この雪で排気口が埋まっちゃって、治療院のストーブがつかないのよ」

コーポ空田のストーブは排気口が壁の外に設置されている。冬場はどの部屋も一日中ストーブをつけるため、排気口のまわりにある雪は排出された空気で自然と溶けるはずだった。

「アタシ、今日は朝から往診でずっと治療院を空けてたのよ。昼間の吹雪でふきだまりになったみたいで、ストーブをつけても不完全燃焼で消えちゃうの」

不完全燃焼が起きると一酸化炭素が発生する。ストーブにはそれを防止する自動消火装置がついているのだった。

「排気口を掘り返さないとストーブがつかないし、一階はどこも同じように埋まってるのよ。万一、住人が中毒でも起こしたら大変じゃない」

一酸化炭素中毒は最悪の場合、死に至ることがある。薫は仕事帰りの服装のまま除雪を手伝った。雪に埋まった排気口すべてを掘り返し、治療院のストーブが無事点火したころには時刻が二一時をまわっていた。

治療院は不完全燃焼の名残か、灯油の臭いが充満していた。直人を連れて二階に上がり、空田家の玄関を開けるも、冷え切った部屋に三人そろってその場に崩れ落ちた。

「ストーブつけるの、忘れてた……」

そもそも、帰ってきたばかりのところを直人に捕まったのだ。部屋があたたまるのも時間がかかり、家にはすぐ食べられる夕飯もない。

「お腹すいた。もう一歩も動けないわ」

手足を投げ出した直人が子どものように言う。

「非常食のカップ麺ならあるけど」

「いやよ。そんなジャンクなものじゃなくて、がっつりお米が食べたいの！」

年長者であるはずの大人がてんで頼りにならない。身体が冷えた歩は唇が紫色に変色し、このままでは風邪を引いてしまう。疲労困憊の身体で動けずにいると、鍵を外したままの玄関が開いた。

「……みんな、雪かき終わったかしら？」

顔を出したのは二〇二号室の住人、布部《ぬのべ》七緒《ななお》だった。

「手伝えなくてごめんなさいね。こんなおばあちゃんだと邪魔になるだけかと思って」

「ナナは心臓が悪いんだから、部屋にいてくれていいのよ」

彼女もまた、有間姉弟同様身寄りのない独居老人だった。海外では「ナナ」におばあちゃんという意味があるらしく、直人はいつも彼女を親しげにそう呼んでいる。実際、七緒は直人や薫たちを自分の孫のようにかわいがってくれていた。

「お腹すいてると思って、晩ごはんつくっておいたの。食べない？」

「食べます！」

ふたつ返事で隣の部屋にお邪魔すると、室内はストーブが効いてあたたまっていた。居間ではパッチワークのカバーがかけられたこたつが手招いている。歓声をあげて潜り込むと、七緒が大皿に盛ったおにぎりを運んできた。

「独り暮らしで食器が少ないから、おにぎりでごめんなさいね。うちもこの雪で買い物に行けなくて、ありあわせのもので悪いんだけど……」

炊きたての白米に海苔を巻いたおにぎりは、ひとつひとつがにぎりこぶし大に大きい。三人とも、おしぼりで手を拭うのもそこそこに勢いよく手を伸ばす。

「いただきます！」

元気よく挨拶し、大口をあけてかじりついた。

「……おいしい！」

お米の甘さを感じたのははじめてだった。中に入っていた具は梅干しであり、その酸っぱさが汗をかいた身体にちょうどいい。

競い合うように食べる三人に、次いで七緒が運んできたのは白い湯気のあがる豚汁だった。お椀の数が足りなく、歩と直人にはうどん用のどんぶりが置かれる。

「おかずがなにもなくて、豚汁しか作れなかったんだけど」

「嬉しいです！　豚汁最高！」

冷えきった身体に、あたたかい汁物はなによりもありがたい。具だくさんの豚汁はたっぷりの生姜が辛く、身体の隅々まで血を行き渡らせてくれる。

「出来たての料理って、本当においしい」

薫は豚肉を頬張り、しかと噛みしめる。いつも出来合いのものを電子レンジであたためて食べていた。作りたての料理のなんとおいしいことか。

「こんなおばあちゃんのごはんを喜んで食べてくれるなんて、嬉しいわ。最近は手料理を嫌がる人もいるから……」

「そんなことない。ナナの手料理は最高のご馳走だよ」

晩ごはんを夢中で食べ、薫はふと、弟のことを思い出した。

歩は子どもの頃からひどい偏食だった。母親があの手この手で野菜を食べさせようとしたが、ほとんど口をつけようとせず、もっぱら炭水化物で生きていたのだ。母が亡くなってからは薫も食事まで気が回らず、給食以外はほとんど菓子パンを食べていた。

豚汁も具材を避けて汁だけ飲んでいるかもしれない。姉としてしっかり言わねばと心を決めた薫は、正面に座る弟を見てぽかんと口を開けた。

「この豚汁、超おいしい！」

歩はどんぶりを抱え豚汁をかきこんでいた。

その勢いたるや掃除機並みだ。あっという間に飲み干し、「おかわり！」と差し出す。七緒は喜んで空のどんぶりを受け取った。

「歩ちゃん、いい食べっぷりね」

「こんなにおいしい豚汁、はじめてだよ。玉ねぎが甘い。どうやって作ったの?」

「なんの隠し味もない、ごくごく普通の豚汁よ」

七緒の言葉に、歩が首を横に振る。

「うそだ。給食の豚汁なんておいしくないもん」

「空腹が最高の調味料ね」

そしてこの料理には、七緒の愛情がたっぷり入っていると薫は思った。

七緒は心臓に持病があり、雪かきを手伝うことができなかった。二階の窓から降り積もった雪と格闘する三人を見て、自分にもできることはないかと考えていたそうだ。

「雪かきを手伝えないぶん、ごはんの支度ぐらいはしてあげなきゃと思って」

「家に帰るとあたたかい部屋とおいしいごはんが待っているなんて、それだけで十分幸せよ」

直人がどんぶりで手指をあたためながら、しみじみと呟く。薫が新しいおにぎりをかじると、中からこぼれたのは梅干しとは違う具材だった。

「このおにぎり、福神漬けが入ってる」

「福神漬けって、カレーに入ってるやつ?」

歩も新しいおにぎりを手に取り、食べる。

「売ってるのと違う。甘くておいしい」

　ご飯の隙間からのぞく福神漬けは茶色く、歩はそれを見て首をかしげた。

「赤くない福神漬けってあるんだね」

「自分で作ると、食紅を入れるのが億劫でね」

「これ、手作りなの？」

　それに驚いたのは歩だけではない。直人もまた、「自分で作れるのね……」と呟いた。

「作ってみると案外簡単よ。お野菜もたくさん入ってるから身体にいいし」

　歩は豚汁の味にいたく感動したらしく、三杯目のおかわりをねだった。

「姉ちゃんの料理、あまりおいしくないんだ。魚は生焼けだし、目玉焼きは焦げてるし」

「悪かったわね」

　薫はむすっとしながら豚汁をすすった。

「だって、お姉ちゃんは働きながら家のことしてるんだもん、手が回らなくて当然よ」

　七緒は助け船を出してくれるが、薫もまた、母が亡くなるまでは料理らしい料理を作ったことがなかったのだ。市販の惣菜に頼ってしまうのが恥ずかしく、うつむくとこたつカバーのパッチワークに目が留まった。

「ナナのお家ってお洒落ですよね。こたつも座布団カバーもみんな綺麗なキルティングで」

部屋の間取りは有間家と同じはずだが、年季を感じさせる部屋の中にパッチワークの装飾が鮮やかだった。チェック柄や小花柄の布地を縫い合わせたこたつカバーは、七緒の倹《つま》しいながらも豊かな生活をあらわしている。

「いいなあ、わたしもこんなベッドカバーが欲しい」

「ありがとう。じゃあ、今度作ってあげるわね」

「これもナナが作ったの？」

彼女は食事だけじゃなく、身の回りの品も手作りだった。薫たちがそれに驚いていると、彼女はふと思いついたように手のひらを叩いた。

「――そうよ、歩ちゃんがごはんを作ってあげればいいじゃない」

七緒が溌剌《はつらつ》とした声で言う。

「ごはんの作り方なら私が教えてあげるわ。いつも歩ちゃんのほうが早く帰ってくるんでしょう？　それなら、お姉ちゃんのためにごはんを作って待っていたらいいじゃない」

「え……」

突然の提案に、歩はひるむ。けれど七緒の背中を押したのは直人だった。

「ついでに、掃除と洗濯も教えてもらいなさいよ。治療院も人手が足りなくて困ってるんだから、休みの日は手伝ってくれてもいいんじゃない？」

「でも、ぼく料理なんてしたことないし……」

「決まり決まり。働かざるもの食うべからずよ。七緒さん、ご指導お願いしますね」

かくして、翌日から歩の花嫁修業がはじまったのだった。

はじめは乗り気ではなかった歩だが、料理を作ることは性にあっていたらしい。自分で調理することで食べ物のありがたみを学び、偏食も少しずつ治っていった。薫の家事の負担も減り、資格試験の勉強ができるようになった。

中学生活の三年間で歩は料理の腕前があがり、手の込んだ煮物などもすっかりマスターしていた。彼は勉強もおろそかにせず、高校受験では好成績をあげ、有名高校の特待生として入学することが決まった。

「いい大学に行って、いい会社に勤めて、姉ちゃんのこと楽にしてあげるからね」

みなで歩の合格祝いをしたとき、彼は希望に満ちた笑顔でそう言った。

歩は高校に入学しても背が低いままで、ぶかぶかのブレザーを着て学校に通っていた。

夕食の支度は変わらず担当し、薫が帰宅すると一緒に食事をしながら学校での生活を話してくれた。新しい高校には同じ中学出身の生徒がおらず、頑張って友達を作ると意気込む姿に、薫も安心しながら仕事に通っていた。

しかし、歩ははじめての定期考査で学年でも下の順位になってしまった。

公立の中学では通常の授業でも上の成績に位置することができた。しかし、進学校は授業の進みも早く、一年時から大学受験に向けて相当量の勉強が必要になった。

勉強の時間を確保するため、歩が料理をする時間は減った。高校から弁当生活がはじまり、七緒がお弁当を作ってくれるようになった。七緒は年々足腰が弱くなり台所に立つのも大変になっていたが、いつも歩のことを気にかけていた。

「お昼ごはんに好きなものが入っていたら、それを楽しみに頑張れるでしょう」

そう言って、彼女は歩の好物ばかりを作った。七緒は和食を得意としていたため、歩も自然と煮物や魚料理が好きになっていた。

「なんだよ、有間の貧乏臭い弁当」

ある日の昼休み、歩はお弁当をのぞいた同級生にそう言われた。

はじめは円滑にすすんでいた人間関係だったが、歩は次第にからかいの対象になっていた。学校で指定されたワイシャツが買えず、「貧乏」のレッテルを貼られた。学力の高い進学校には、子どものころから英才教育を受け、裕福な家庭に育った子どもたちも多く存在したのだった。

歩のお弁当は誰が作っているのかと聞かれ、彼は料理の師である七緒のことを正直に話した。

「ばばあの作った料理なんて、気持ち悪くて食えねえだろ！」

「いじり」と「からかい」は悪口と紙一重であり、歩は周囲に馴染めぬまま日に日に孤立していった。

一年生最後の定期考査期間。歩は寝食を惜しんで勉強に没頭した。いつもは登校前に七緒の部屋に寄りお弁当を受け取っていたのだが、寝坊しかけて顔を出さずに登校した。

二〇二号室で倒れている七緒を発見したのは、家賃を徴収しに訪ねた直人だった。

彼女は歩のお弁当を作っている最中に胸が苦しくなり倒れたらしい。試験を終え帰宅した歩は、直人からその話を聞いた。

歩が登校前に寄っていれば、もっと早くに発見できたかもしれない。

定期考査の成績もふるわず、歩は次第に学校を休むようになってしまった。

○

薫がひとしきり話し終えると、ミルクティーのカップが空になっていた。

隣のテーブルも酒が進み、いっそう盛り上がっていた。秋峯はときおりその様子をうかがいつつも、薫の話を聞きながら適度に相槌を打っていた。

「歩も通信制の高校に編入して、トラットリアのアルバイトをするようになったんだけどね。前の学校で嫌な思いをしたから、いままで、大学進学の話はしなかったの。でも、パンフレットを集めているってことは、やっぱり進学したい気持ちがあるのかなと思って」

コーヒーを飲み干していた秋峯は、手持ち無沙汰にカップをもてあそんでいた。

「偶然とはいえ、歩くんは薫ちゃんが勝手に鞄の中身を見たと思ったんだろうね」

謝りたくても、顔を合わせる日がない。薫はなにより、今後のことについて姉弟で話し合いたいと思っていた。

「お金の心配はもっともだと思うよ。俺も、学費には苦労したから」

「秋峯さんは奨学金を借りたんですよね？」

「奨学金だって雀の涙だよ。結局は借金だし、卒業してから長い時間をかけて返すものだから生半可な気持ちじゃ借りれないよな。大学だって、自分が本当に勉強したい分野じゃないと、入学してからしんどくなるだろうし」

彼はそういった学生を多く見てきたのだろう。含蓄のある話をするが、隣のグループがウエイターを呼んで話の腰を折る。

「アマレット、ロックで」

「ウイスキー、ダブルね」

「あと、スカイダイビングを」

女の子もかなりお酒がまわっているらしく、何度もお手洗いに立っている。足取りが危うく、もしや吐いているのではと思うが、男性陣は誰も心配していなかった。

「その姉弟喧嘩について、俺が仲を取り持つのは難しそうだな。相談に乗ることはいくらでもできるんだけど……」

「すみません、長々話しちゃって」

ジェラートと飲み物だけで、ずいぶん長居をしてしまっている。新しいカクテルを運ぶウエイターの視線が痛い。銀のトレイに乗ったカクテルは晴天の青空を思わせる爽やかさで、薫はその美しさに目を奪われた。おそらく、スカイダイビングはこのお酒のことだろう。

「その七緒さんって人が、前の二〇二号室の住人？」

「そう。秋峯さんが入るまで、ずっと空室だったの」

「直人さん、そんなことがあったなんて何も言ってなかったけど……」

秋峯の台詞に、若干の含みがある。

「二〇二号は事故物件じゃないですよ。ナナ、生きてますから」

薫はそこだけはきっぱりと否定した。秋峯も言いづらかったらしく、それを聞いて露骨に表情をゆるませる。

「いままでの話を聞いてたら、まさかって思うじゃん」

彼の意見はごもっともだ。話の流れ的に、七緒の身に起きたことは勘違いしやすい。

「ナナはしばらく入院してたけど、体調が回復してから引っ越したんです」

「そうなんだ。無事でよかったよ」

話の続きをするにはもう遅い時間だ。秋峯が「そろそろ帰ろうか」と席を立った。

入れ違いに女の子がお手洗いから戻ってくる。千鳥足で歩き、顔が青ざめていた。

「大丈夫ですか？」

手をさしのべたのは秋峯だった。男性陣のするどい視線をもろともせず、彼女をテーブルに座らせる。その拍子に腕がグラスに引っ掛かり、カクテルグラスを床に落としてしまった。

「うわ、ごめんなさい」

グラスの割れる音がフロアに響く。騒ぎを聞きつけたウェイターがすかさずとんできた。

「こちらで片付けますので、大丈夫です」

男性陣が口々に文句を言う。幸いカクテルは女性にかからず、床を汚すだけだった。

「どうもすみません。おわびに、僕から彼女にエンジェルショットをお願いできますか」

秋峯のお願いに、ウェイターは表情を変えないまま「かしこまりました」と言った。

会計をすませ店から出ると、夜風が冷たくなっていた。長く座りっぱなしで身体がかたまっていたのか、秋峯は駐車場で大きく伸びをした。

「秋峯さん、お金」

薫が飲み物の代金を渡すと、彼は素直に受け取った。会計をスムーズにするため、一度彼がすべて支払ったのだ。早く渡さないと前回のようにうやむやになってしまう。お金を渡し満足した薫の頭に、ふと疑問がよぎった。

「……会計、おかしくないですか？」

飲み物とジェラート。値段が高かったため、会計前に再度メニューを確認したはずだが。

「エンジェルショットっていうカクテルのお金、入ってないです」

秋峯がおわびに注文したお酒のぶんが合わない。

「だってあれ、カクテルの名前じゃないし」

さもありなんといった様子で、秋峯は言った。

「そっちの席から見えなかったと思うけど、あいつら、カクテルに薬を入れてたんだよ」

話しながら、彼は助手席の扉を開ける。エスコートされるままに車に乗ると、秋峯は早々とエンジンをかけ、車はゆるやかに駐車場から発進した。

「度数の強いものばかり飲ませてたから、あやしいなとは思ってたんだけどさ。スカイダイビングはブルーキュラソーのカクテルだからまさかと思ったら、案の定、女の子がトイレに行ってる間に睡眠導入剤を混ぜてたよ」

「それって、犯罪ですよね」

坂道を下りながら、秋峯は「当然だよ」と言った。

「いわゆるデートレイプの手管に、酒に睡眠薬を入れて昏睡状態にさせることがあるんだ。最近は犯罪防止のために、薬も水に溶かすと青く色がつくようになってるんだけど、それをごまかすために青いカクテルを頼むんだ。いたちごっこだよな」

つまり秋峯は、それらをわかっていて、わざとカクテルをこぼしたのだ。薫はそばで見ていたのにさっぱり気づかなかった。

「じゃあ、エンジェルショットっていうのは？」

「あれはお酒を提供してる店の暗号でね。女性がタチの悪い男から逃げたいときに、店に頼むとこっそり助けてくれるんだよ。いまごろウェイターがタクシーかなんかを呼んでると思うけど……ほら、きたきた」

狭い坂道を、タクシーとすれ違う。秋峯はブレーキを踏んで道を譲った。ウェイターは無愛想な人だとばかり思っていたが、やはりその道のプロフェッショナルだった。

「秋峯さん、かっこいい」

「仕事柄、そういう知識は日々更新されてるからね」

彼は照れくさそうにハンドルを握り、坂道を下って徐々に近づいてくる夜景を眺めた。

「店に入った時間より、明かりの数が減ってるな」

彼の指摘通り、きらびやかだった夜景がすこし色あせたように思える。その意味を考え薫は口を開いた。

「部屋の電気を消して、布団に入る時間帯ですもんね」

「そう。街全体が眠りにつく感じが、見ていて面白いなと思ってさ」

時計を見ると、まもなく日付が変わろうとしていた。

「睡眠薬は眠れない人のためにあるのに、間違った使い方をする人も多いんだよな」

眠りの森クリニックでは睡眠導入剤の処方が圧倒的に多い。それは眠りに悩む人々の多さをなによりも物語っている。

この美しい景色の中に、眠れぬ夜の一分一秒に苦しむ人が存在する。

はたして穂波は、今日も眠れているだろうか。

帰り道の車の中、薫はふと、彼女のことを思い出した。

5

金曜日のポラリス

金曜日は朝から雨が降っていた。

午後の診察が始まったころには雨脚が強まり、悪天候にキャンセルが相次いだ。ひっきりなしに鳴る電話の中、ひとつだけ他と違うことを言った患者がいた。

『遊佐ですが、予約外でも診察はできますか？』

それは穂波からのものであり、間もなく彼女はクリニックを受診した。

薫は診察の様子が気になり、雨で濡れた床に何度もモップをかける。診察室へ続く通路を念入りに拭いていると、叩きつけるような暴風雨とともに入り口の扉が開いた。

「こんにちは、藻岩山調剤薬局です！」

元気よく挨拶をして現れたのは秋峯だった。

長靴を履いているが、白衣のズボンはずぶ濡れだった。入り口で傘のしずくを払った彼は、ビニール袋を胸に抱えている。濡れないよう守りながら歩いてきたらしい。

「お薬をお届けに来ました」

ビニール袋の中身は、眠りの森クリニックが処方した薬だ。少し前にＦＡＸで送信したものであり、処方箋の主は、秋峯の姿を見て頭を下げた。

「ごめんなさいね、こんな天気に配達を頼んじゃって」

「いいんです。外もすごい風ですよ、傘が壊れちゃいました」

藻岩山調剤薬局では患者の希望に応じて薬の配達を行っており、配達に駆り出されるのはもっぱら秋峯だった。彼は通勤に車を使っていないため、配達は歩きしか方法がないのだろう。

患者は待合室の椅子に座って待っていた。秋峯は白衣が汚れるのもかまわず床に膝をつき、小柄な彼女に目線を合わせる。薬の名前を読み上げ、薬袋から取り出し数を確認した。

「いつもの眠くなるお薬、今日は一カ月分処方されてます。飲みやすように一回ずつ分包しておきましたからね」

今日の患者は、以前彼が薬の管理について相談してきた高齢の女性だった。透明な袋にパッキングされた薬は、眠りの森クリニックでも多く処方されるポピュラーな睡眠導入剤だ。

「一日一回、就寝前に一錠服用してくださいね」

「薬剤師さんに分包してもらってから、飲み間違えることがなくなったわ」

「それはよかったです。薬を飲んでから動き回るとふらつきや転倒の危険がありますから、服用したらすぐに布団に入ってくださいね」

前回と同じ処方でも彼は説明を怠らない。患者は精算を終えると、財布から一〇円硬貨を一枚とりだし薫に声をかけた。

「申し訳ないんだけど、タクシーを呼んでもらえるかしら」

「はい、いま電話しますね。お金はいただいていないので大丈夫ですよ」

短縮ボタンを押し、薫は電話をかける。タクシー会社に配車を頼み、カウンター越しに「一、二分で来るそうです」と声をかける。

ほどなくしてタクシーが到着し、秋峯は患者に手を貸しながら玄関のスロープを下った。雨は依然強いままであり、彼は患者が濡れないよう壊れた傘をさしていた。

発車するまで見送り、秋峯はそのまま帰ろうとする。長靴の中まで濡れているらしく、歩くたびにゴムの軋《きし》む音がした。

「待って、秋峯さん」

薫は彼を呼び止めた。

「これ、使ってください」

タオルを差し出すと、秋峯は素直に受け取った。髪から雨水がぽたぽたと落ちている。

「雨の中、配達ありがとうございます。風邪ひかないでくださいね」

「雪の日に比べたら全然平気だよ。今日なんてあたたかいもんだ」

「そんなにしょっちゅう配達があるんですか？」

「前の職場にいたとき、在宅医療の調剤も受け付けてたんだよ。病院から処方箋をもらって、それを患者の家や老人ホームに届けるわけ。だから中島公園は俺の庭なんだ」

冷蔵庫を取りに穂波のマンションに行った時、彼は地図もなしに細かい路地を走っていた。それは仕事で培った土地勘だったのだろう。

「俺よりも、薫ちゃんのほうが顔色悪いよ？　大丈夫？」

そう指摘され、薫は自分の頬に手を当てた。

「ちゃんと寝てる？　睡眠不足は美容に悪いよ？」

確かに、ここ最近ずっと眠りが浅かった。けれど薫はそれを笑ってごまかす。

「雨だから暗く見えてるだけですよ。秋峯さん、気をつけて帰ってくださいね」

「じゃあ、また。タオルは洗って返すよ」

秋峯が坂道を下っていく。薫はその後ろ姿を見送り、クリニックに戻った。

待合室には誰もいない。穂波はまだ診察中のようだ。薫がモップで濡れた床を拭きなおしていると、診察室の扉から大きな声が聞こえてきた。

「だから、薬を処方してくださいって何度も言ってるじゃないですか！」

穂波のあまりの剣幕に、誰もが診察室を見る。彼女はさらに続けて大声で話す。

「どうして薬を出してくれないんですか？　眠剤なんてみんな簡単に処方してもらってるじゃないですか。私、もう、眠れないのは嫌なんです！」

薫はモップを持ったまま、診察室の扉に耳を当て中の様子をうかがう。

「お気持ちはわかりますが、僕は睡眠導入剤の処方は必要ないと考えています」

患者とは対照的に合歓木の声は穏やかだ。しかし、彼の落ち着いた態度が、穂波の感情を余計に荒立ててしまうらしい。

「ひとまず遊佐さんは、薬がなくても眠れているようですから」

「布団に入ってから眠るまでが長いんです。ずっと不安だから、せめて安定剤でも……」

しかし、合歓木はそれをよしとしない。話は平行線に終わり、やがてソファーから立ち上がる音が聞こえた。

「薬を出してくれないのなら、もうこのクリニックには来ません。他の病院を探します」

足音が近づく。薫は処置室に身を隠し、彼女が待合室に戻るのを待った。

晴美が診察代の計算をし、穂波の名前を呼ぶ。

「次回の予約は、来週の木曜のままでよろしいですか？」

穂波はそれに沈黙で返す。晴美は「同じ時間で予約を入れておきますね」と告げ、穂波は領収書だけを受け取り帰っていった。

外の雨よりも激しい嵐だった。薫ははじめて見た穂波の姿に驚き、処置室から動くことができなかった。

しゃがんでいた足がしびれ、立ち上がろうとし——急に視界が揺らいだ。

「……あれ？」

力が抜け、モップもろとも床に崩れ落ちる。採血器具を置いたワゴンを巻き込んでしまい、金属の皿が散らばり激しい音が鳴った。

「ちょっと、何の音？」

音はクリニック中に響き、晴美が受付から顔を出す。薫は照美がさし出した手を借りた。

「薫、大丈夫？　転んだの？」

「すみません。いろいろ散らばしちゃった……」

立ち上がろうとするが、足に力が入らない。顔から血の気が引き、冷や汗がにじむ。視界までぐるぐるとまわりはじめ、薫はまぶたを閉じて落ち着くのを待った。

しかし、なかなか波が引かない。

「薫ちゃん、大丈夫かい？」

合歓木の声がして、薫は顔をあげた。

「顔が真っ青だよ。どうしたんだい？」

「急に倒れたんです。動けないみたいで」

照美が状況を説明すると、合歓木は迷いなく薫の身体に手を伸ばした。

そのまま、抱き上げられる。合歓木は「よいしょ」の言葉を隠さなかった。照美が休憩室のドアを開け、彼は薫をソファーに寝かせる。

「頭が痛いとか、熱っぽいとかあるかな？」

合歓木が首元に手を当て、脈をはかる。矢継ぎ早に質問され、薫は力ない声で返した。

「……すみません、ただの立ちくらみです」

「立ちくらみで、そんなに真っ青になるかい？」

「最近寝不足だったから、朝から頭がフラフラしてて」

「寝不足？　どうして？」

合歓木はなおも食い下がるが、待合室から患者の来客を告げるベルが鳴った。

「先生、代わります。ここはあたしでも大丈夫でしょう」

照美に言われ、合歓木はためらうそぶりを見せるも、診察室に戻っていった。薫は眩暈《めまい》が引かず、両手で顔を覆う。照美が身体にブランケットをかけてくれた。

「ごめんなさい、仕事中に」

待合室から晴美の声が聞こえる。患者はどうやら複数人いるらしい。にわかに忙しくなりはじめ、身体を起こそうとする薫を、照美が押さえ込んだ。

「いいから、このまま寝てなさい。受付は晴美ひとりでも回せるから」

「でも……」

「むしろそんな状態で仕事されても迷惑」

厳しい口調に、薫は何も言えず唇を閉じた。

照美は休憩室の電気を消し、仕事に戻っていく。遠ざかる足音を聞きながら、薫はブランケットにため息をこぼした。

外は雨が降り続けている。窓にはりつく雨粒が伝い、まるで涙のように見える。

雨の涙を見ると、薫はある夜のことを思い出す。

とめどなく流れる涙はやがてどこに行きつくのだろう。耳をかたむけるうち、薫の意識は眠りの海へと沈んでいった。


夢を見た。

色のない夢だった。

薫は高校時代のセーラー服を着ていた。

周囲の人は顔が見えない。みな一様に黒い服に身を包んでいる。

部屋の壁までもが、白と黒の縞模様に塗られていた。

それが鯨幕だと気づくのに、少しだけ時間がかかった。

両親の葬儀の日だと、薫は思った。

喪主を務めた薫は、線香を絶やさない寝ずの番をしていた。

プリーツを崩さぬよう正座をした膝の上。歩が頭を預けて、静かな寝息を立てていた。あどけない寝顔に涙の痕が残っている。薫は目じりに残るしずくを指で拭った。

葬儀の日は季節外れのあたたかさで、みぞれまじりの雨が降っていた。

薫は葬儀の間、一度も涙を流さなかった。

空が、薫のかわりに泣いていてくれていた。


薫が目を覚ますと、部屋の中が暗闇に満ちていた。

カーテンは開いている。太陽が沈み、夜の帳《とばり》が降りていた。雨があがったのか、部屋の中は静けさに満ちていた。

ずいぶんと眠ってしまったらしい。

受付から物音が聞こえない。金曜の診療は終わったようだ。ソファーから降り、脱ぎ捨てたナースシューズを探すと、視界の端でなにかが動いた。

窓際の椅子に、誰かが座っている。薫は目をこらして暗闇を見つめた。

「……合歓木先生？」

返事はない。彼は白衣を着たまま、窓ガラスに頭を預けて窮屈そうに眠っていた。

冷気の入り込む窓辺は寒く、彼は己が身を抱きしめ眠っている。読みかけの新聞が膝や床の上に散らばっていた。

眠りの世界にいる彼は、いつも安らいだ表情を見せる。

その寝顔をはじめて見たのはいつのことだろう。薫は規則正しい寝息を乱さぬよう、息をひそめて彼の身体にブランケットをかけた。

○

北星総合病院の入社三年目をむかえた薫は、医療事務の資格を取得して生活に多少の余裕がうまれた。仕事の要領を覚えると時間の使い方もわかるようになり、昼休みを利用して持ち場を離れると、入院患者の病棟に向かった。

エレベーターで目的の階に上がると、病棟は昼食の時間が終わったころだった。おかずの匂いの残る八人部屋の扉をくぐり、薫はカーテンの閉められた窓際のベッドに声をかけた。

「ナナ、お見舞いに来たよ」

七緒は薫の勤める病院に入院していた。

心臓の発作で倒れた際、彼女は脚を骨折してしまった。ギプスが外れても思うように歩けず、リハビリのために長い病院暮らしを余儀なくされていた。薫は仕事の合間を見計らっては彼女の見舞いに通っていた。

「いらっしゃい、薫ちゃん」

カーテンを開けると、七緒はベッドの上で身体を起こしていた。薫に気づくと嬉しそうに微笑んだが、窓際のスチール椅子には先客が座っていた。

白衣を羽織った男性が、腕を組んでうとうとと舟をこいでいる。この病院の職員であるに違いないが、薫はその顔に見覚えがなかった。

「その先生、昨日夜通し入院患者に付き添っていたの。ほとんど寝ていないはずだからすこし寝かせてあげて」

七緒がもうひとつのスチール椅子を指さし、薫は彼を気にしながらもそこに座った。

「この人、ナナの主治医じゃないよね？」

「違うわよ。でも、先生にはずいぶんお世話になっているの。骨折してから脚の痛みがひどくて、眠れないことがあってね」

七緒は布団の上から脚をさする。骨折した大腿骨は本来簡単に折れる場所ではないが、加齢とともに骨密度が減り骨がもろくなってしまっていたのだ。

「今日はね、先生がお花を持ってきてくれたのよ。いい香りでしょう？」

彼女が指差すのは窓際に飾った花瓶だった。見舞いの花は薫も定期的に持ってきているが、花瓶に活けられた紫色の花は、花屋でも見かけないめずらしいものだった。

「ラベンダーだ。生の切り花ってはじめて見た」

「どこで見つけてきたのかしら、ラベンダーの切り花ってなかなか売ってないのよ」

「オイルと同じ匂いがする。でも、切り花のほうが軽い香りだね」

ラベンダーは観賞用の花と違い、香りを保つためにつぼみの状態で収穫する。花瓶に活けた切り花もまたつぼみがふっくらと膨らんだ愛らしい姿をしていた。鼻先を近づけ香りを嗅ぐと、いつも使っている精油とは違う青さが香った。

「このラベンダーをサシェにしようと思って、いまいろいろ準備してるの」

「サシェ？」

「香り袋のことよ。薫ちゃん、引き出しからお裁縫箱を出してくれない？」

サイドテーブルの引き出しを開けると、中には彼女の愛用する裁縫箱が入っている。それは薫が彼女に頼まれ持ってきたものであり、入院生活の暇を持て余した七緒はベッドの上で日々創作活動にいそしんでいるのだ。

「端切れはたくさんあるから、それで小さな巾着を作って中に乾かした花粒を入れるの。ラベンダーは花瓶に活けても水を吸わないから、すぐに乾燥してしまうのよ」

裁縫箱の中には色とりどりの端切れが入っている。チェック柄や花柄など、どれも彼女がパッチワークで使っているものばかりだ。薫はその中のひとつ、水玉模様の布を手に取った。

「可愛い布」

「気に入った？　じゃあ、それで作りましょうか」

七緒は作り慣れているのか、型紙もなしに端切れに針を刺す。鮮やかな手つきは迷いがなく、細かい縫い目が彼女の器用さを物語る。

「薫ちゃん。歩ちゃんの様子は、どう？」

視線は手元に注いだまま、七緒は問う。それに薫は力なく笑った。

「……まだ、あんまり、学校に行けてなくて」

歩は学校に通えなくなってから、自分の部屋に閉じこもるようになってしまった。

朝、薫が出勤するときに声をかけるも、布団に潜ったまま出てこない。夜に眠れず、明け方になってようやく寝付き、昼過ぎに起床するという昼夜逆転生活になってしまっていた。

「この間、学校に行って相談してきたんだけど……」

学校でなにがあったのかを聞いても、歩は貝のように押し黙り話そうとしない。薫は解決の糸口を求めて啓明学院に出向いた。

歩の担任教師を訪れると、人目を避けるように進路相談室に案内された。一年時からの持ち上がりである教師は四十路を間近に控えた男性であり、歩の不登校にはこちらが連絡しない限り動こうとしなかった。

『いじめがあったわけはないです』

彼は開口一番そう言った。歩の体調を気遣う言葉はなにもなかった。

『特待生で入学したわりに、高校に入ってから成績が落ちましたよね。よくいるんですよ、高校受験が終わったとたん力尽きるタイプって』

教師という肩書が鎧《よろい》になっているのか、その態度はとても横柄なものだった。

『僕も彼とは個人面談で話しましたが、成績の話をしても本人はだんまりを決め込むばかりでした。一度ご家族でしっかり話し合われたらいかがですか？』

『家でもうまく話し合えないので、先生にアドバイスをもらいたくてここに来たんですが』

担任は、『だーかーら』と苛立たしげに机を小突いた。

『うちではやる気のある生徒の応援はしますが、本人に頑張る意思がないようでしたらどうにもできませんよ。うちに入るために補欠待ちをしてる子だっているんだし、啓明学院の生徒だっていう自覚を持ってほしいです』

担任はろくにこちらを見ようともしなかった。

授業終了のチャイムが鳴り、廊下に出た生徒たちのにぎやかな声が聞こえた。担任はその声に気づくと、ため息をつきながら首を振った。

『そもそも、話し合いですらできない家庭環境に問題があるんじゃないですかね』

そう言い捨て、彼は『次の授業がありますから』と言って席を立った。薫はなんの解決策も見つけることができないまま、学校をあとにするしかなかった。

出来事をかいつまんで話すと、七緒が端切れを縫う手を止めて嘆息した。

「ずいぶんと、嫌な先生ね……」

「顔を合わせて話すと圧迫される感じがして、なにも言えなくなっちゃう。わたしがもっと堂々としていられたらよかったんだけど、小娘なのを見透かされたのかも」

「薫ちゃん、そのお化粧似合ってないわよ。もっと若い子らしくすればいいのに」

「いいの。少しでも年上に見られるようにしたいから」

薫は社会に出てから、わざと年齢を上に見られるようにしていた。

歩とふたり生きていくためには、姉である自分がしっかりしなければならない。少しでも落ち着いた大人の女性に見えるようにと、上の世代の格好を真似て自分に鎧を着ている。しかし実際は滲み出る若さを隠せぬことが多く、担任にもなめられるばかりだ。薫がこらえきれないため息を漏らすと、七緒がベッドの下をまさぐった。

「薫ちゃん、疲れたときは甘いものを食べるといいわ」

どこにしまっていたのか、食パンがあらわれる。彼女はそれに個包装の苺ジャムを絞った。

「ナナ、このパンどうしたの？」

「今日の朝食だったんだけど、残しちゃったの」

「どこか調子が悪いの？」

心配する薫に、七緒は首を横に振った。

「病院のごはん、あんまり美味しくないのよ。味付けが薄味なのはわかるけど、焼き魚は冷凍焼けしてぱさぱさだし、お米もあまりおいしくなくて……でも、残してばっかりだと看護師さんに注意されちゃうから、こうやってこっそり隠しているの」

薫は手渡されたジャムパンを口に含む。食パンは乾燥してしまっており、何の風味もない質素すぎる味だった。甘ったるい苺ジャムでごまかせば食べられる味ではあるが、長らく病院に入院していると同じ味に飽きてしまうのかもしれない。

「――病院の食事はちゃんと食べないとだめですよ」

眠っていたはずの男性が急に口を開いて、薫と七緒は小さく飛び跳ねた。

「先生、起きてたんですか？」

「起きてたんだけど、ふたりとも気づいてくれないから」

彼は目を覚ましてもなお、細められたまぶたが眠っているように見えた。姿勢を正すと首にかけた職員用ＩＤが見え、薫はそれを目で追った。

合歓木啓明。神経精神科の医師だった。

「七緒さん、ラベンダーは気に入ってくれましたか？」

「おかげさまで入院中のいい暇つぶしになってるわ。ドライフラワーになったらサシェにするから、先生にも一つあげるわね」

七緒が作りかけの巾着袋を見せ、合歓木はそれを見て満足げにうなずいた。

「脚の痛みで眠れないと言っていたので、知り合いに分けてもらったんです。ラベンダーの安眠効果は有名ですから」

「嬉しいわ。処方してくれた薬を飲めば眠れるんだけど、起きたときに頭がぼうっとした感じがあって嫌なのよ」

「もしかしたら、薬の種類があっていないのかもしれませんね。僕から主治医に伝えておきますよ。彼とは同期ですから」

そのやりとりを見守りながら、薫はようやく、彼が何者なのか思い出した。

彼はこの春に北星総合病院へやってきた。形式上はずっとこの病院の所属であるが、若いころに上司とぶつかり市内の系列病院に飛ばされていたのだ。その上司が定年で退職し、ようやく総合病院に呼び戻されたという次第だ。病院内では医師の人事がゴシップのように扱われ、その噂はいち事務員の耳にまで届いていたのだった。

「リハビリで外来の患者さんと会うんだけど、みんな膝やら腰やらが痛くて眠れないみたいなの。薫ちゃんと同じくらいの若い子まで通ってて、少しでも眠れるようにサシェを作っておすそ分けしてあげないとね」

がぜんやる気が出たのか、針を指す七緒の手がスピードアップする。あっというまに巾着袋がひとつ出来上がり、薫と合歓木は熟練の技に小さな拍手をした。

「……君、ここの職員かな？」

ふいに話しかけられ、薫は自分が事務員の制服姿だったことを思いだす。

「医事課の有間薫です。おつかれさまです」

「アロマ・カオルちゃん？」

聞き間違えたのか、合歓木は細めたまぶたを柔和に微笑ませた。

「ぐっすり眠れそうな良い名前だね」

それが薫と合歓木のはじめての出会いだった。

月初のレセプト期間がはじまり、残業上がりの薫は停留場で市電を待った。

市電は日によって外観が異なり、オーソドックスな緑色の車両ほか、企業の広告を兼ねたラッピングデザインに乗ることが多かった。帰りは何が来るだろうと待っていると、線路の向こうから見慣れぬ車両が近づいてきた。

市電の中には決まった時刻に運行する特別な車両がある。新型低床車両の『ポラリス』は大きな黒い窓がスタイリッシュな印象を与え、出会うたびいつか乗りたいと思っていた。念願叶い、薫はあこがれの車両に足を踏み入れる。

つり革につかまると残業の疲れが一気に押し寄せるが、頭は歩のことでいっぱいだった。眠れない夜、歩は台所に立ち料理を作っていた。好きなことをしていると気持ちが落ち着くらしいが、いかんせん作る量が多すぎるため冷蔵庫はあふれんばかりだった。

今朝、彼がめずらしく早起きをした。遅刻は免れない時間だったが、身支度を整え、制服に袖を通した。薫が出勤するときに、玄関先まで見送ってくれた。

『今日は学校に行くよ。このまま休み続けたら留年になっちゃうからさ』

寝不足で青白い顔をしていた。あどけなさの残る頬は痩せこけてしまい、落ち窪《くぼ》んだ眼窩《がんか》から大きな瞳がこぼれ落ちてしまいそうだ。袖口からのぞく手首は痩せ細り、猫背でうつむく姿が痛々しかった。

果たして、無事に授業を受けて帰って来れただろうか。残業が長引いたせいでいつもより帰宅が遅くなり、結果めったに出会えないポラリスに乗ることができた。

やがて最寄駅を告げるアナウンスが聞こえ、停車する前に先頭へと移動すると、薫の足もとに誰かの鞄が落ちた。

「……合歓木先生？」

先頭の展望席に合歓木が眠っていた。鞄は彼のものらしく、薫はそれを拾い上げる。

「先生、落ちましたよ」

声をかけるも、返事はない。深い眠りに落ちているようだ。

「あの、鞄……」

ひかえめに肩を叩く。しかし、反応はない。

市電はじきに最寄駅に着いてしまう。目が覚めるまで一緒にいるわけにもいかず、薫は駅に停車すると鞄を合歓木の膝に乗せた。その感覚で、彼が「むにゃ」と喋った。

薫は乗務員に定期を見せ降車した。ロープウェイ入口駅は藻岩山の夜景を見に行くためにたくさんの乗客が降りる。道路のど真ん中で信号が変わるまで待機していると、いつの間にか合歓木が隣に立っていた。

何度声をかけてもまったく起きなかったはずが、なぜここにいるのか。薫は驚きを飲み込んだが、彼は眠気の残るまぶたをしょぼしょぼさせている。

「起こしてくれてありがとう、アロマちゃん」

「有間です」

「あのまま寝過ごしたら、家に帰るのが遅くなるところだったよ」

薫が職場からポラリスに乗り込む際、停留場に彼の姿はなかった。市電は循環している。まさか一周したのではなかろうか。薫は気になったが、早く帰宅したい気持ちが勝った。

帰る方向が同じなのか、自然と一緒に歩きだす。路地にさしかかり合歓木と別れ、足早にアパートへと戻ると、二〇一号室の窓は暗いままだった。

歩はまだ帰ってきていないのだろうか。鉄骨の階段を上ろうとし、薫はその陰に潜む人の姿に気づいた。

「……歩？」

制服姿のまま階段裏にしゃがみこんでいる。薫が声をかけると、彼はすぐに顔をあげた。

「姉ちゃん、おかえり」

「歩、今帰ってきたの？」

「ちょっと前にね。ごめん、晩ごはんまだ作ってないや」

彼は背中を丸めたまま立ち上がる。その腕に何かを抱えているのが見えて、薫はおもむろにのぞきこんだ。

腕の中から、にゃあ、と声がした。

「……猫？」

三毛や虎柄ではなく、錆が浮いたような毛並みの猫だった。まだ幼く、猫は薫の顔を見ると瞳に警戒の色を浮かべたが、威嚇の声をあげる力もないまま歩に抱かれていた。

「階段の下にいたんだ。具合が悪いのか全然動かなくて。家の中であたためてあげたら元気になるかも」

「それはだめ」

きっぱりと否定した薫に、歩はまぶたを瞬かせた。

「うちのなかに猫は入れちゃだめ。猫は――」

「アパートは賃貸だからだめってこと？　あたためてあげるくらいいいじゃないか」

「そうじゃなくて、あのね」

「姉ちゃんも、結局……」

そこで、歩の言葉が途切れた。

何かを言いたげに、口をぱくぱくと動かす。けれどそれが声になることはない。彼は首元に手を当てて喘ぐようなしぐさをする。

薫はふと、担任の教師が話していたことを思い出した。

『こっちが何を言っても、だんまりを決め込むばかりで、何を考えているのかわからない』

「……歩、もしかして、声が出ないの？」

薫の指摘に、彼は口をつぐむ。声にならない何かを呟き、猫を抱えたまま走り出した。

「歩、待って！」

追いかけるも、彼は足が早い。あっという間にアパート前の路地を抜け、市電の線路が通る国道へ曲がった。

その道を、先ほど別れたばかりの合歓木が歩いていた。

薫の声が聞こえたのか、合歓木がこちらを振り向く。猫を抱え走る歩と、それを追いかける薫とを見比べ、のほほんとした口調で声をかけた。

「サビ、そんなところで何をしてるんだい？」

合歓木の声に、腕の中の猫がにゃあと鳴いた。

「……サビ？」

猫の反応に歩が立ち止まる。おとなしく抱かれていた猫は、腕の中を這い出て飛び降りた。猫はよろめいた足取りで合歓木の脚に身体を擦りつける。薫もようやく歩に追いつき、肩で息をしながら問いかけた。

「その猫、合歓木先生の子ですか？」

「いや。近所の野良で、サビって呼んでるんだ。最近姿が見えなくて心配していたんだよ」

合歓木が抱き上げると、猫——サビは甘えるような声で鳴いた。

「どうせまた散歩してるうちに迷子になってたんだろう？　僕の飼い猫にはならないのに、こういうときだけは頼ってくるんだね、お前は」

合歓木の口調はまるで恋人に話しかけるように甘い。彼が喉もとをくすぐると、サビはばつが悪そうに耳を下げた。

「見つけてくれてありがとう。ずっと探してたんだ」

「ぼくの家で休ませてあげようと思ったんだけど、姉ちゃんが家に入れるなって言うから」

「歩、それはね——」

「そうだね。薫ちゃんの家には入れないほうがいいかな」

合歓木が同調し、歩は唇を噛んで彼を睨みあげた。

「どうしてみんなぼくのことを否定するんだよ。ただ助けてあげようと思っただけなのに」

「僕は別に、君のことを否定しているわけじゃないよ」

語気を荒らげる歩とは対照的に、合歓木はおだやかな口調で言った。

「君のお姉さん、家でアロマオイルを使っているんじゃないかな？　猫にアロマの香りは良くないからね」

人間には安眠効果など様々な効能があるアロマだが、猫は肝臓の一種の解毒酵素が欠けているため、中毒を起こす危険性がある。アロマと相性の悪い小動物はたくさんおり、何も知らない飼い主がペットを苦しめる不幸な事例は後を絶たなかった。合歓木はそれを説明する。

「だからお姉さんは、弱っているサビを家に入れなかったんだよ」

「そうなんだ。てっきり、ぼく……」

話を素直に受け入れ、歩はうつむく。そんな弟の姿を、薫は複雑な思いで見つめていた。彼がこんなにも不安定になっている姿を見たのははじめてだった。

「歩。学校で、なにかあったの？」

それに彼は、しばしの沈黙ののち、口を開いた。

「……みんなは普通に学校に通えているのに、同じようにできないお前がおかしいって」

「そんなこと誰が言ったの？」

歩は答えない。けれど、彼の表情から察するに、今日の登校でなにかがあったのだろう。

「朝起きれなくて遅刻するのはただの甘えだって言われたんだ。夜にうまく眠れないのはぼくの心が弱いからで、同級生と仲良くできないのは協調性がないからだって」

言葉を詰まらせる歩に、サビが合歓木の腕の中から鳴いた。なにかをうったえようとする彼女の頭を、歩がそっと撫でる。

「……合歓木先生、どうしてわたしがアロマを使ってるってわかったんですか？」

彼の助け舟に感謝しつつも、薫はそこが気にかかっていた。

「七緒さんの病室にいたとき、ラベンダーの匂いを嗅いでいたでしょう？　その時にオイルの話をしていたから、普段から使っているのかなと思ったんだ」

病室でのわずかなしぐさで、彼はそこまで見抜いていたらしい。薫が切り花に興味を示したのは七緒のベッドを訪ねたばかりのときであり、彼はずいぶん前から目を覚ましていたようだ。

「もしかして、この子がこの間話していた弟くんかな？」

おそらく彼は、歩が学校に通えていない話も聞いていたはずだ。なおも鳴き続けるサビを歩に預け、合歓木は小声で薫に話しかけた。

「夜、うまく眠れないって言ってたけど、どこかの病院で診てもらったことはある？」

「それが、まだ。どこに行ったらいいかわからなくて」

「良かったら、僕の外来に来るかい？」

まるでお茶に誘うような気軽さで、彼は言った。

「サビを見つけてくれたお礼だよ。来週の木曜日に、僕のところに遊びにおいで」

「合歓木先生って、外来を持ってたんですか？」

「木曜の午後に、完全予約制の外来をね。むこう三カ月は予約でいっぱいなんだけど、時間外に来てくれれば、うちの優秀なスタッフがどうにかしてくれるはずだから」

彼が外来を受け持っていることを薫は知らなかった。てっきり、入院患者の診察ばかりをしているのだと思っていた。

「僕の外来は、思春期外来といって、歩くんみたいな若い子がたくさん来るんだ」

それは薫もはじめて聞く外来の名前だった。


合歓木に指定された木曜。薫は歩とともに北星総合病院の外来にいた。

思春期外来は神経精神科にある診察室のひとつがあてがわれていた。パーテーションで区切られた狭い空間のなか、椅子に座る合歓木の姿を見て、薫はあらためて彼が医師であることを感じた。

「あらためまして、思春期外来を担当しています、合歓木です」

「よろしくお願いします」

頭を下げ、薫は隣に座る歩の様子をうかがう。彼は子どものころから健康優良児であり、はじめて訪れた大きな病院の雰囲気に圧倒されているようだった。

「そんなに緊張しないで。このあいだはサビを助けてくれてありがとう」

思春期外来は合歓木が系列クリニックから戻ってきた際に新設された外来だった。表向きは神経精神科の診療になっているため、長年働いていた薫も存在を知らなかったのだ。

「歩くんは高校何年生？」

「二年です」

「この間着ていた制服は、どこの学校かな？」

「啓明学院です」

「僕も啓明っていうんだ、歩くんとお揃いだね」

合歓木は患者をリラックスさせようと雑談を振るが、会話はぎこちなくすぐに途切れてしまう。彼はそれに苛立つこともなく、柔和な微笑みを浮かべたまま歩の顔を見つめた。

「今日はぐっすり眠れた？」

「……あまり」

掠れた声で、歩は言う。伸ばしっぱなしの前髪に隠れた目元に色濃いクマがあった。

「寝つきが悪くて眠れないのかな？　それとも、途中で目が覚めてしまう感じ？」

「どっちもです。ようやく寝つけたと思っても、身体が金縛りみたいになって起きることが多くて、それで寝た気がしなくて」

合歓木はそれに「そっか」と軽く相槌を打つだけだった。

「今日は採血をしましょう。身体のどこかに病気があって、それが悪さをして眠れなくなっているのかもしれないし。すこし多めにとるから頑張ってね」

合歓木が声をかけると、処置室から看護師が顔を出す。彼女は緊張のあまり蒼白な顔色をした歩をしげしげと見つめた。

「ずいぶん細いね。血管出るかな」

「照美ちゃんの腕前なら大丈夫だよ。お姉さんも外で待っていてください」

照美と呼ばれた看護師に連れられ、歩は処置室に消える。合歓木は仕事中でもスタッフを親しく呼ぶらしい。薫も退室を促され、誰もいない待合室にひとりで座った。

待合室はしんと静まり返っていた。節電のために不必要な明かりは消されており、その薄暗さにホラー映画を思い出してしまう。

病院と幽霊は切っても切り離せない存在だ。薫に霊感はないが、万一遭遇してしまったらどうすればいいのだろう。お経といえば南無阿弥陀仏？　南無妙法蓮華経？　手あたり次第に呪文を探していると、背後から真っ白な手が伸び、肩を叩いた。

「——あの」

「ひひひひひひつじが一匹！」

薫の悲鳴が待合室に響く。

「……羊？」

振り向くと、事務員の制服を着た女性が立っていた。

「あなた、有間歩くんのお姉さん？」

先程の看護師と同じ顔をしており、薫は狐につままれたような顔で彼女を見上げた。

「合歓木の秘書の宮田晴美です。今日は時間外なので代理で外来をまわしています」

医療秘書は、多忙な医師のスケジュール管理や書類作成などの一般的な秘書業務のほかに、医療事務たちへの連絡調整など幅広い業務を担当している。医師と同じ医局を職場としているため、同じ事務職でも姿を見ることは滅多になかった。

「カルテを作成したいので、連絡先の記入をお願いしたいのですが」

彼女はバインダーに挟んだ書類を渡した。薫が悲鳴をあげた理由を察したのか、口元がかすかににやついている。薫は頬が赤くなるのを感じながら必要事項を記入した。

「あなた、ここの職員なんだって？」

「はい、そうです」

「自分の職場でも、やっぱり夜の病院は怖いわよね」

「いや……その……」

言葉を濁す薫に、晴美が噴き出すように笑った。記入を終えた書類を受け取ると、すぐに仕事に戻るでもなく隣に腰掛けた。

「診察が終わるまで一緒にいてあげるわよ」

「……ありがとうございます。すみません、時間外に仕事をさせてしまって」

「まったくよ。先生ったらいつもこうやってあたしたちの仕事を増やすんだから」

口ぶりは厳しいが、合歓木に対する親しみが感じられる。彼が北星総合病院に赴任した際、近しいスタッフを連れてきたと噂になっていた。おそらくこのふたりのことなのだろう。

「わたし、思春期外来のことなにも知らなかったです」

「まあ、あまりメジャーな外来じゃないからね」

合歓木の外来を受診する前、薫は思春期外来について軽く調べていた。しかし、外来を標榜する病院は小児科をはじめ心療内科や婦人科など多岐にわたっており、その幅広さに混乱してしまったのだった。

「思春期の子どもたちって、心と身体が大人になる時期でしょう？　今まで通り小児科に通うかそれとも大人が行く内科を受診するか、女の子なら婦人科に行くのもためらう年齢だし、そういう年齢の子たちを総合的に診るのが思春期外来なのよ」

二次性徴で身体に脂肪がつきはじめた女の子が、無理なダイエットをして摂食障害になってしまった症例。男の子がホルモンバランスの乱れによりイライラを発散しきれず、非行に走ってしまった症例。どれもひとつの診療科目には当てはめることができない。

歩もまた、不眠の原因が精神的なものなのかその他の要因が関わっているのか判断がつかずにいた。

「うちの先生はぼんやりしてて不安だろうけど、ちゃんとした医師だから安心して通って。外来の予約がいっぱいだからしばらくは時間外の診察になるけど、精算は自分でできるから大丈夫でしょう？」

「はい。明日の朝一で処理しておきます」

「いろいろ心配だと思うけど、こういうときはあなたが歩くんを支えてあげてね」

処置室の扉が開き、晴美は「じゃあね」と去っていった。採血を終え、歩が腕の絆創膏をおさえながら待合室に戻ってくる。

「じゃあ、歩くん、また来週ね」

合歓木の声に、彼は小さな会釈で返した。先ほどより幾分か顔色が良くなっている。薫は身支度を整える歩に声をかけた。

「ねえ、歩。せっかくだからナナのところに寄ってみない？」

「もう面会の時間も終わってるから、行っても迷惑になるだけだよ」

歩は七緒が入院して以降、いまだお見舞いに行くことができずにいた。

歩の通院は週一回のペースで続いたが、不調の原因は見つからぬままだった。

血液検査に問題はなかった。身体の病気が原因で不調を起こしているわけではない。つまり、不調を劇的に回復させる治療法はないということだ。合歓木は診察中は薫を外に出し、歩と一対一でカウンセリングをした。

学校に行けない日が多く、授業についていけないためテストの順位も奮わない。欠席が続くにつれ登校しても腫れもの扱いになってしまい、通う足取りはとても重そうだった。

二年生は一学期に三者面談がある。生徒それぞれの学力に合わせ志望校を決めるなど、進学校らしく受験勉強に特化している。面談は歩も例外ではなく、薫は金曜に午後休みをとり学校に向かった。落ち着いて見える服装を選び、化粧にも気を使った。

三者面談は放課後の進路相談室で行われた。窓は閉め切っていたが、グラウンドから部活動にいそしむ生徒たちの声が聞こえる。担任は椅子に浅く腰掛け、ふんぞりかえるような姿勢で成績表を見せた。

「このままだと、出席日数が足りなくて留年になりますよ」

担任の話はそこから始まった。

義務教育である小中学校と違い、高校は単位や出席日数の問題がある。一年のうち三分の二以上の欠席が続くと留年になってしまうことは歩もわかっていたため、体調のいい日は遅刻をしながらでも頑張って通っていた。

　最近では滅多に着なくなった制服に身を包んだ歩は、進路相談室で所在なさげに座っていた。うつむく背中はまるくなり、靴の先をじっと見つめている。担任の貧乏ゆすりが机の端にあたり、ボールペンが振動にあわせて転がった。

「啓明学院では、いままで留年した生徒は一人もいないんです。有間君が記念すべき一号になるかもしれませんね」

　堂々と嫌味を言われ、歩はさらに下を向く。顔色が真っ青だ。

「この間の定期テストも最下位ですし、頑張って成績を上げないと進学も難しいですよ。就職を選択する手もあるけど、うちは他の学校みたいな就職支援はしてませんから」

　就職活動の大変さは薫が人一倍よくわかっている。けれど、進学校というだけでこんなにも対応が違うものなのだろうか。薫は口紅を引いた唇を引き締めた。

「歩も家で頑張って勉強しています。進路だって、三年生の後半で決める人もいますよね？　二年生の今から無理って決めつけるのはどうかと」

「お姉さんは何年生の時に進路を決めました？　学校の推薦？　AO入試？」

「……わたしは就職したので」

　言いたくなくても、言うしかない。その言葉に、担任が鼻で笑った。

「お姉さんが受験の大変さを知らないのは当然ですね。今の時代、ただ大学に行けばいいってものではないんですよ。大手の企業は一流大学じゃないと門前払いですし、うちの生徒たちはそういう将来のことを見越して、今から勉強してるんです」

薫は自分に「高卒」というレッテルを貼られたことを感じた。

「本人が頑張って通っているなら、受験だって進学だってできるんじゃないですか？」

「受験勉強はこれからもっと本格的になるんですよ。今の状態で音をあげている時点で先が思いやられますが……」

当の歩は隣でうつむくばかり。膝の上でこぶしを握り微動だにしない。弟が言えないのなら自分が言うしかないと思うが、ボールペンをくるくるとまわす担任は、はなから薫たちの話を聞く態度ではなかった。

「そもそも、この時点でつまずく奴は、どこに行っても同じことを繰り返すんですよ。よしんば四流の大学に入れたとして、そこでまた通えないって言い出すんじゃないですか？」

「そんな言い方――」

あまりの言いように、薫は言葉を失った。必死に言葉を探し、担任の顔をまっすぐに見る。なかばにらみつけるような視線になり、それを受けて担任はボールペンを放った。

「……まあ、よその学校では生徒の自由にさせてるところもありますし。有間くんはそういうところのほうがいいのかもしれませんね」

三者面談はなんの実りもないまま終わった。

進路相談室を出ると、下校中の生徒たちが薫を追い抜いていった。友人同士で笑いあう声が校舎に響いていた。

帰りの道中、ふたりは終始無言のままだった。ロープウェイ入口駅で下車し、市電の姿が遠くなるまで見送った。歩き出す気力もなく立ち尽くしていると、反対の車線から線路を踏む音が聞こえてきた。

なかなかお目にかかれないポラリスだ。薫が目で追うと、海外からの観光客がぞろぞろと降りた。多種多様な人の波のなか、日本人がひとり、こちらに気づいて手をあげた。

それは合歓木だった。

「歩くん、薫ちゃん、いま帰り？」

彼は観光客で渋滞している停留場から降り、車道に走行車がいないことを確認するとひらりとこちらに渡ってきた。普段のんびりとしているだけに、その俊敏さが際立つ。

昨日、診察で会ったばかりだ。が、もう何カ月も会えていなかったような気がする。小一時間もかからなかったはずの三者面談に、精も根も尽き果てていた。

「合歓木先生、お仕事は？」

「僕は当直がないときはいつもこの時間だよ」

彼はそう言うが、薫が以前ポラリスで出会ったのはもっと遅い時間だった。

「今日は寝過ごさずに降りれたよ」

つまり、彼はいつも帰り道の車内で延々眠りこけていたということだ。それを知って、薫の唇から笑いがこぼれる。

吐息とともに、瞳からひとつぶ、しずくが落ちた。

「……薫ちゃん？」

急いで拭ったが、もう片方の目からもこぼれ落ちる。

「どうしたの？　何かあったの？」

その優しい声を聞くと、堰を切ったように涙があふれて止まらなくなった。

「ごめんなさい、突然」

嗚咽《おえつ》を押し殺し、涙を止めようとする。けれど一度流れた涙はどうにもならず、ぽろぽろと頬を伝う。ハンカチを取り出して拭うと、落ちたマスカラで黒く染まった。

「……とりあえず、ここにいるのもなんだから移動しようか」

合歓木が、薫の手を握った。

その手に引かれ、横断歩道を渡った。歩も黙ってついてくる。

ハンカチを握りしめ泣きじゃくる薫は、涙で足元が見えなかった。子どものように泣いてしまう自分が恥ずかしくてたまらない。けれど、つないだ手の先にあるぬくもりが、そしてその優しさが、余計に涙を誘う。

合歓木に連れられるまま、坂道を登った。やがて赤レンガの正門が見え、それをくぐると木々に囲まれた瀟洒な建物が見えた。

普通の民家とは明らかに違う、意匠をこらした近代建築だった。広々とした庭があるが、手入れが行き届いていないのか雑草が生い茂っている。合歓木は伸び放題の芝を踏みしめ、庭の真ん中にあるベンチへと案内した。

「家の中が散らかっててお招きできないんだ。ここで待っててくれるかな」

促されるまま、薫はそこに座る。風が吹くたびに森の木々が揺れ、突然訪れた客人を警戒しているようだった。

「荷物を置いてくるから、ちょっと待っててね」

合歓木はそう言うと、草むらをかきわけ家の中に入っていく。彼が近所に住んでいることは知っていたが、マンションに住んでいるのだろうと勝手に思い込んでいた。

歩は薫の顔を見るとおもむろに口を開いた。

「姉ちゃん、顔やばいよ。化粧落ちてる」

「じろじろ見ないで」

さぞかしひどい顔になっていることだろう。ハンカチがドロドロになったファンデーションで汚れている。顔を少しでも隠そうと、薫はひっつめて結んでいた髪をほどいた。

「子どもみたいに泣いちゃって、恥ずかしい……」

穴があったら入りたい。しかし、顔を覆う手のひらには彼のぬくもりが残っていた。男性らしい大きな手だった。ごつごつと節ばった指をしていたが、手のひらは柔らかく薫の手を包み込んでいた。

その余韻に浸っていると、ベンチの下から一匹の猫が顔を出し、薫は小さな悲鳴をあげた。

「……もしかして、サビ？」

その錆色の毛並みには見覚えがある。彼女は何かを訴えるように鳴くが、薫は意図がわからず首をかしげるばかりだ。

「そこ、サビの指定席なんだよ」

合歓木が家から戻ってきた。手の指を器用に使い、片手にマグカップを三つ持っている。もう片方の手にはペット用の水飲み皿。サビは合歓木の姿を見てふんと鼻を鳴らした。

「よかったら、席を譲ってあげて？」

彼に言われ、薫はベンチから立ち上がった。するとサビはお尻の下を歩き、薫が座っていた場所につくと満足そうに目を細めた。

「この子、本当に合歓木先生の猫じゃないんですか？」

「うちの子にしたいんだけど、誰かに縛られるよりも自由に生きたいみたいでね」

合歓木は姉弟それぞれにマグカップを渡し、サビの前にも皿を置く。どれも中には牛乳が入っていた。

牛乳はサビでも飲みやすいよう人肌にあたためてある。彼女は舌先をちゃっちゃっと動かしてリズミカルに飲んだ。それにならって、薫もホットミルクに口をつける。

「……おいしい」

はちみつが入っているのか、ほのかな甘さが疲れた心にしみた。

「甘いものは気持ちが落ち着くでしょ？　ホットミルクは眠れない時にもいいから、家でも作ってみるといいよ」

ホットミルクのぬくもりが、身体の隅々まで行きわたっていく。緊張していた心がほぐれていくのを感じ、薫はほうっと吐息を漏らした。

「薫ちゃん、お化粧とったら幼い顔をしてるんだね」

しげしげと見つめられ、薫は崩れた顔をハンカチで隠す。いつもしっかりと化粧をしていたため、無防備なすっぴんが心もとなくて仕方ない。

「その服も薫ちゃんにはまだ早いよ。年齢相応の格好をすればいいのに、もったいない」

「そうそう。姉ちゃんっていつもおばさんくさいんだよね」

歩までそれに同調する。散々な言われようで、薫はマグカップを握りしめた。

「……少しでも落ち着いて見えるようにしないと、戦えないから」

「戦うって、何と？」

「歩の担任の先生と」

勢いあまって、薫は今日の出来事を合歓木に話した。

三者面談があったこと、歩の成績のこと、出席日数のこと。進路のこと、校風のこと。

「わたし、学校で、何も言えなかった」

担任の横柄な態度に、言い返せなかった自分のこと。

「なんなのあの先生。教師ってそんなに偉いものなの？」

いまさらながら、怒りがこみあげる。

「学校の先生なんだから、もっと生徒のこと気にかけてあげてよ。どうしてこっちが全部悪いみたいに言うの？　校風に合わせられないうちがおかしいっていうの？」

それを本人に言えなかったのが、自分の弱さだった。話し続ける薫に、歩は言葉を挟むことなく黙って聞いていた。

歩はいままで、学校で似たようなことを言われ続けたに違いない。それを誰にも相談できず、ひとりで抱え込んでいた。

進路相談室で担任と対峙していた弟の姿が忘れられない。グラウンドから響く生徒たちの声は明るく、本来ならいまごろ学生生活を楽しんでいたはずだった。

自分はなにも気づいてあげられなかった。

それがたまらなく悔しかった。

「歩のこと、守ってあげられるのはわたししかいなかったのに」

再びこみあげてくる涙をこらえ、薫は空を仰いだ。

両親が死んでから、泣かないと決めたはずだった。震える唇を噛みしめ、瞳の中の潤みが消えゆくのを待つ。

「……別に、姉ちゃんが泣くことないのに」

「ごめん。なんか、止まらなくて」

弟にまで気をつかわれ、情けなさによけい涙がこぼれそうになる。

黄昏の夕刻が終わり、徐々に夜が始まろうとしている。西の空にかすかに残る青空と、夕焼けの名残の茜色が、東から迫る宵闇に溶けグラデーションをつくっていた。

その空にぽつりと浮かぶ明かりに、薫はふと気がついた。

「……一番星だ」

西の方角に、ひときわ輝く大きな星があった。歩と合歓木も、つられて空を見上げる。牛乳を飲み終えたサビは、ベンチの上でお団子のように丸まった。

合歓木が、ああ、と感嘆の声をあげる。

「いまは宵の明星の季節なんだね」

「宵の明星？」

合歓木の言葉に、薫は首をかしげる。補足をしたのは歩だった。

「一番星は金星のことだよ。金星は地球より内側にあるから、明け方の東の空か夕方の西の空に見える。明け方の金星を明けの明星、夕方の金星を宵の明星っていうんだ」

薫たちが見ているのが夕方の金星――宵の明星だ。

「啓明学院の啓明って、明けの明星のことなんだって。入学式で校長先生が『夜明けの空のように輝かしい学生生活を送ってください』って話してたから、覚えてるんだ」

彼は空に浮かぶ宵の明星から視線を逸らそうとしない。瞳の先に、入学式の日を思い出しているようだった。

「……ぼく、合歓木先生の名前が啓明って聞いて、最初、嫌だなって思ったんだ」

正直に話す歩に、合歓木は怒るでもなくにっこりと笑った。

「いまも嫌いかな？」

「学校は嫌いだけど、合歓木先生は嫌いじゃないよ」

そう答え、歩も笑った。三者面談が終わってから、曇っていた表情がようやく和らいだ。

陽が沈むと風が冷たくなった。空は刻一刻と夜の深さを増し、空には星が瞬きはじめる。

合歓木はそれを悠然と眺め、空を指さした。

「あれが北斗七星だね」

北斗七星なら薫もすぐに探すことができる。柄の長いフライパンのような星座だ。

「ひしゃく型の先端のα星とβ星の間隔を、ひしゃくの口が開いた方向にのばしたところにある明るい星が北極星だよ」

彼の教えの通りに探すと、ひときわ輝く星が見えた。

「金星と違って、北極星は一年をとおして北の空に見えるんだ。同じ場所から動かないポラリスは、旅をする人の道しるべと言われてるんだよ」

「ポラリス……」

彼が乗っていた市電もまた、ポラリスだった。

いつも、先の見えない道を歩いていた。自分がしっかりしないと弟を養えない。姉弟ふたりでたくましく生き抜いていかなければならない。辛いことがあるたびに、自分にそう言い聞かせていたが、先の見えない不安に怯える夜が何度もあった。

「僕はいつでもここにいるから。ふたりとも、困ったことがあったらここにおいで」

泣かないと決めていたはずなのに、なぜ、彼のそばにいると涙が出るのだろう。薫は緩んだ涙腺からあふれる気持ちを、まぶたを閉じて隠した。

合歓木のやわらかなまなざしは、はりつめていた薫の心を優しく包み込んでくれる。

彼は薫たち姉弟の北極星だった。

薫は深呼吸をして気持ちを落ち着け、再びまぶたを開くと、制服姿の弟に目がとまった。

ぶかぶかだったはずのブレザーの袖が、ちょうどよい丈になっている。夜空を見上げたことで背筋もぴんと伸びていた。

「歩。背、伸びた？」

歩はいつも背中を丸めうつむいていたため、その変化に気づけなかった。けれど、めったに袖を通さない制服が、皮肉にもそれを教えてくれる。

「その制服も、もう小さくなるんじゃない？」

「……言われてみれば、たしかにそうかもしれない」

本人も気にしていなかったようだ。しかし、ズボンの裾からくるぶしが顔を出している。

「身体が制服に追いつくなんて、初めてじゃない？　歩も成長期だもんね」

何気ない薫の言葉に、合歓木のまぶたがかすかに、動いた。

翌週の思春期外来は、月初めの残業と重なってしまった。

いつもなら歩の診察に同行しているが、さすがに残業を抜けることはできない。薫は大急ぎで仕事を片づけ、退勤のタイムカードを押した。

診察はとうに終わっている時間だったが、薫は念のため、と思春期外来に向かった。

待合室は相変わらず火が消えたように静かだった。診察室の扉はまだ明かりがついている。すりガラス越しに中の様子をうかがうと、こちらの存在に気づいたのか扉が開いた。

「薫ちゃん、ちょうどいいところに来たね」

顔を出したのは合歓木だった。

「先生、何かあったんですか？」

診察はまだ終わっていなかったらしい。薫が中に入ると、私服姿の歩がいた。

「今日は診察が長引いちゃってね。薫ちゃんが来れないなら次回ゆっくり話そうと思ったんだけど、ふたりそろったのなら話をまとめてしまおうか」

診察室の机には、問診票とおぼしき書類が積んである。合歓木は毎週のカウンセリングで有間家の家庭環境から歩の生い立ちまで細かな成育歴を記していた。薫が椅子に腰かける間、彼はそれらを見比べ赤いペンで何かを記入していた。

「薫ちゃんって、身長どれくらいあるのかな？」

「一五八センチです」

一六〇に届かなかったのが少し心残りな身長だ。

「薫ちゃんは女子の平均身長だね。逆に歩くんは、小学生の時からずっと背が低かった」

合歓木はレポート用紙に歩の身長を書きだしていた。背が低いことは歩自身も気にしていたことだが、薫はいずれ伸びるだろうと思っていた。実際、歩は小学生の時から小刻みながらも身長を伸ばしている。合歓木はわかりやすくグラフにまとめた。

「実はね、歩くん、高校生になってから急に身長が伸びていたんだよ」

薫がレポート用紙を受け取ると、中学三年生から高校一年生までのグラフに大きな動きがあった。歩は薫の身長を優に超え、一八〇センチの大台に迫ろうとしている。

「成長期は女の子のほうが早く始まるから、小学生のうちは男子よりも女子のほうが大きいのが普通なんだ。そして男の子は中学生くらいから背が伸びはじめて、高校三年間が終わってもまだ成長する子もいる。僕が初めて歩くんと会った時にはもう伸びていたからわからなかったけど、短期間で大きく成長するっていうことは、骨や筋肉にもそれなりの負担がかかっているんだよ」

合歓木は話しながらも、どう伝えたらよいか考えあぐねているようだ。ボールペンをカチカチと鳴らし、少しの沈黙ののち、口を開いた。

「年頃になると、生殖器官が発達して異性への関心を持つようになるから、この時期のことを思春期というんだ。女の子は二次性徴がはじまると胸が膨らみ、初潮がはじまる。男の子も同じように精巣が発達して精通が始まり、のどぼとけが出て、声が低くなる」

薫がちらと弟の横顔を見ると、その喉もとには突起がくっきりと浮かび上がっていた。歩は姉の視線を感じ、居心地悪そうに身じろぎをする。

「歩くんが以前、言葉が出にくい時があると言っていたのは、変声期だと思うんだ」

「変声期？」

「つまり、声変わりだね」

歩は子どものころから別段高い声ではなかった。声変わりをしてもさほど変わらない人もいるため、薫は勝手に変声期が終わったものだと思っていたが。

「変声期は声帯をコントロールする筋肉の働きが不安定になって、声が枯れたりひっくり返ったりするんだ。一説によると、変声期は身長の伸びが最も活発な時期をすぎてから始まると言われている。背が伸びる時は筋肉より先に骨が成長するから、その際に成長痛が起きて、夜、眠っている時に足がつったり、金縛りのようになったりする人もいるんだ」

ていたはずだ。

「……金縛り？」

その言葉に、歩がぴくりと反応した。

「どうだろう、当てはまるところはないかな？」

合歓木が訊ねると、歩は自らの喉もとに手を当てた。彼自身もまた自分の成長には気づいていたはずだ。

「歩くんが学校のことで悩んでいるのは聞いていたし、それが原因で眠れないのかと思っていたんだけど、もしかしたらこっちが関係していたのかもしれないね」

歩の不調は心の悩みが原因だと、薫は思っていた。弟の背が伸びたり声が低くなったりするのは年齢相応の成長だと受け流していた、しかし合歓木は、歩の成長記録を細かくまとめ、違う視点から考えていたのだった。

「……つまり、原因はぼく自身にあるっていうことですか？」

膝の上でこぶしを握る歩に、合歓木は首を横に振った。

「違うよ。成長期は心と身体が大人になる大切な時で、誰もが通る道なんだ」

その握りこぶしに、合歓木が手のひらを重ねる。

「その大切な時にぐんと背が伸びたのは、成長期に必要な栄養を正しく摂取できていたということだよ。歩くんが頑張って勉強していたときに、歩くんの身体を大切に思ってくれた人がいるんじゃないかな？」

合歓木の穏やかな微笑みに促され、歩が顔をあげる。柔和に細められたまぶたがまっすぐに見つめ、彼はそのまなざしを一身に受けた。

「学校のことで悩んで、うまくいかない自分を責めてしまう気持ちはよくわかるよ。でも、歩くんのまわりには大人になるための大切な時期を守ってくれた人がいる。だから、歩くんも、もっと自分のことを大切にしていいんだよ」

「でも――」

なおも否定しようとする歩に、合歓木のまぶたがゆっくりと開かれた。

「歩くんは悪くないよ」

その瞳は、日だまりのようなあたたかさをたたえていた。

歩はそのぬくもりを浴び、しばしの間、沈黙した。

「……合歓木先生にお願いがあるんだ」

「なにかな？」

「行きたい病室があるんだ。もう面会時間は終わってるけど、会いに行っちゃだめかな？」

いままでのこわばった話し方と違う、母親に甘えるような声と話し方。はじめて歩が見せた表情に、合歓木はまぶたを細め、静かに頷いた。

夜の入院病棟は、消毒液の香りの中にかすかな味噌汁の匂いが残っていた。

患者は就寝前のひとときを思い思いにすごし、談話室のテレビに多くの人が集まっている。合歓木はナースステーションの前を通るとき、看護師たちに事情を告げた。

薫には通いなれた場所だが、歩が訪れるのははじめてのことだ。彼は緊張の面持ちで八人部屋の扉をくぐった。

「ナナ、お見舞いに来たよ」

「あら、薫ちゃん、いらっしゃい。合歓木先生と一緒なんて珍しいわね」

七緒の病室の患者はほとんどが談話室にいるらしい。彼女はいつもと同じ様子でベッドの上に座っていた。

「歩ちゃんも来てくれたのね」

「……久しぶり、ナナ」

歩が言葉少なに挨拶をすると、七緒は嬉しそうに微笑んだ。スチール椅子に促され、薫たちは並んで座る。合歓木は椅子が足りず、ベッドの足元に軽く腰掛けた。

「脚の調子は、どう？　まだギプスしてるの？」

歩は七緒の病状を何も知らない。彼の言葉に、彼女はくすくすと笑って布団をめくった。

「このとおり、もうすっかり大丈夫よ。今日ね、主治医の先生にそろそろ退院しても大丈夫って言われたの。リハビリを頑張った甲斐があったわ」

「じゃあ、またアパートに帰ってくるの？」

「……それはね、ちょっと難しそうなの」

七緒が言葉を濁し、深いしわの刻まれたまぶたを伏せる。彼女の病状に関しては、こまめに通っていた薫がよく知っていた。

骨折した脚はよくなったものの、脆くなった骨が再び損傷すると大きな手術になる可能性があった。コーポ空田の急な階段は転倒の危険があり、今後生活するには難しい面が多い。

「市内の介護施設に空きができたらお引越しをするつもり。またいつ心臓の発作が起きるかわからないし、いざという時に専門のスタッフがいるところにいたほうが安心でしょ？」

七緒の転居はすでに決まったことであり、大家の直人も了承済みだった。しかし歩には初耳のことであり、彼の瞳に動揺の色が浮かんだ。

「……ずっとお見舞いに来なくて、ごめんね」

「いいのよ。歩ちゃんも大変だったからね」

歩が見舞いを避けていると、七緒は気づいていた。

「ぼく、ナナに会うのがこわかったんだ。あの日、学校に行く前にちゃんとお弁当を受け取っていたら、ナナが倒れているのをもっと早く見つけてあげられたのに」

「あれはただの事故で、歩ちゃんが気にすることじゃないわよ」

「違うんだ、ナナ」

かぶりを振り、歩は彼女の視線から逃げるようにうつむいた。

「あの日はわざと、お弁当を取りに行かなかったんだ」

長い前髪で顔を隠し、歩は告白する。

「ナナのお弁当を同級生にからかわれて、恥ずかしいって思ったんだ。だからあの日、遅刻しそうだからって自分に言い訳をして、部屋に寄らなかったんだよ」

彼は何度も途切れそうになりながら、懸命に言葉を紡いだ。

「合歓木先生に言われたんだ、ぼくの身体を大切に思ってくれた人がいるって。ナナはいつもお弁当を作ってくれた。お昼ごはんが楽しみだと学校も頑張れるでしょうって、好きなおかずを詰めてくれた。でもぼくは、自分のことでいっぱいいっぱいでナナの気持ちなんてこれっぽっちも考えてなかったんだ」

静かな病室に、歩の声だけが響く。かすれ気味の声は深みを増し、彼の身体の成長を物語る。その成長を陰ながら支えた七緒は、なにも言わずに彼の言葉に耳を傾けていた。

「ナナが入院してから、何度もお見舞いに行こうと思ったんだ。早く謝りに行かなきゃって思ったけど、どんな顔をして会ったらいいかわからなくて」

歩は膝の上でこぶしを握る。何度見たかわからないそのしぐさ。

「家で、ナナのごはんを作ってみたんだ。でも、何回作ってもナナの味にならないんだ。煮物も福神漬けも、あのお弁当の味にならないんだよ……」

そのこぶしに、ひとつぶ、しずくが落ちた。

「引っ越しなんてしないでよ。もっと料理を教えてよ。またあの部屋に帰ってきてよ」

まるで子どものように、歩は言った。

彼は自分がわがままを言っていることに気づいている。けれど、あふれ出る気持ちが止まらないのだろう。次々としずくが落ちるこぶしに、七緒が自らの手を重ねた。

彼女はなにも言わなかった。病室の中を、歩が鼻をすする音だけが響く。

しかし、その静寂を、「ぐう」という珍妙な音が破った。

その出所は合歓木だった。ベッドに腰掛けた合歓木はまぶたを閉じている。薫は以前もこれによく似た音を聞いたことがある。

「先生、もしかして寝てます？」

「これは、ごめん、腹の虫です……」

合歓木が手をあげて白状する。それに七緒はぷっと噴き出した。

「歩ちゃん、お願いがあるの。冷蔵庫に入っているタッパーを出してくれないかしら？　薫ちゃんはカーテン閉めてちょうだい」

「わかった」

七緒に言われるまま、薫はベッドのまわりをカーテンで囲む。歩は濡れた目元を乱暴に拭い、備え付けの小さな冷蔵庫の扉を開けた。

「……なんでこんなにたくさんタッパーがあるの？」

「一番上にある福神漬けをお願いね」

七緒がベッドの下をまさぐる。やがて取り出したのはラップに包んだ白米であり、彼女はそれを合歓木に渡した。

「七緒さん、またごはん残したんですね？」

「夜にこっそり食べるつもりだったのよ。今日は特別に、合歓木先生にごちそうしてあげるわ」

七緒はタッパーを受け取ると、福神漬けを白米の上にかけた。合歓木は注意をした手前ためらうそぶりを見せたが、空腹には抗えないのか、受け取ったおにぎりをほおばった。

「……うん、おいしい。市販のものと違って、味付けがやわらかいですね」

もぐもぐと咀嚼する合歓木に、彼女は満足そうにうなずく。

「そりゃそうよ。私が歩ちゃんに教えた秘伝の味ですから」

「もしかして、これ、ぼくが作ったおかずなの？」

驚き、歩はあらためて冷蔵庫の中身を確かめる。どれも見覚えがあるのだろう、困惑の表情を浮かべながら薫の顔を見た。

「歩が食べきれないぐらい作るから、お見舞いついでに持ってきていたの」

彼は家にいる間、食べきれない量の料理を作っては冷蔵庫をいっぱいにしていた。薫はそれをタッパーにつめて七緒におすそ分けしていたのだった。真相を知った歩はおにぎりを味わう合歓木を見て、ためらいがちに声をかけた。

「先生、ナナの福神漬けはもっとおいしいんだよ。ぼくのは全然、同じ味にならなくて」

「僕は七緒さんの料理を知らないけど、歩くんのごはんはとてもおいしいよ」

「そうよ、それが歩ちゃんの味なんだから、それでいいのよ」

七緒は言いながら、タッパーを大切そうに握った。

「人の真似なんてしなくていいの。歩ちゃんは歩ちゃんなんだから、自分の味に自信を持って。あなたの料理が、入院中の何よりの楽しみなのよ」

彼女は薫のお見舞い以上に、歩の料理を心待ちにしていた。箸が進まない病院食の代わりに、歩のおかずで必要な栄養を摂っていた。

かつて彼女が歩にしていたように、七緒の身体は彼の料理で癒されていたのだ。

「すこし見ないうちに、背が伸びたわね。もう、小さかった歩ちゃんじゃないのね」

「ナナがいつもごはんを作ってくれたから、一年で二〇センチも伸びたんだよ」

合歓木の診察を受け、成長期の話に至った時。歩の頭に真っ先に浮かんだのは、お弁当を作ってくれた七緒だった。

「ナナがいてくれたから、ぼくは大きくなれたんだよ」

彼女は歩が大人の身体になるまでの間を大切に守り続けた。

「歩ちゃん。本当に、大きくなったわね」

そして歩の心もまた、すこしずつ、大人になろうとしているのだった。


歩の通院が月に一度のペースに変わったころ、七緒の入所する老人ホームが決まった。

退院の日は土曜日だった。薫は歩とともに入院中の荷物を運び、直人が車で送っていく段取りだった。

彼女の見送りには、担当医や看護師のほか、合歓木の姿もあった。

「七緒さん、お元気で。入所するホームはどの辺なんですか？」

「中島公園の近くよ。サービスが充実していて、体操やヨガを教えてくれるらしいの。また転ぶことがないように頑張って運動するわ」

七緒と言葉を交わす合歓木に、独立の噂が流れていた。

総合病院で働く医師は、独立の際に看護師や事務員を引き抜くのが暗黙の慣例になっていた。系列病院にいたころからのつきあいである宮田姉妹は間違いなく彼についていくだろう。噂好きの職員たちはこぞってその話に口にしていた。

七緒は入院中の荷物から紙袋を出し、その中から小さな巾着袋を取り出した。

「合歓木先生、これ。約束していたサシェよ」

それは手のひらにおさまる小さな巾着袋だった。上部がリボンで引き絞られ、中が乾燥した花粒で満たされている。合歓木はそれを受け取り、香りを嗅ぐとまぶたを細めた。

「ラベンダーのいい匂いがします」

「先生からもらったお花、全部サシェになったわ。みんなのぶんも作ってきたから」

七緒は主治医や看護師などお世話になった人たちにサシェを渡す。そして薫の前に立つと、彼女は紙袋の中をまさぐった。

「薫ちゃんにはこれをあげる」

薫が受け取ったのは、水玉模様の布地でつくられたシュシュだった。

「実は、作っている最中にポプリが足りなくなっちゃったの。それに、薫ちゃんは普段からラベンダーのオイルを使っているから、あげるなら違うもののほうがいいかと思って」

「かわいい。これって、わたしが前に選んだ布で作ったの？」

「そうよ。薫ちゃん、仕事の時はいつもひっつめて終わりだったじゃない？　まだ若いんだから、すこしでもお洒落をしてほしいと思って」

七緒の作ったシュシュは決して派手ではなく、控えめなボリュームで仕事中に使えるものだった。薫がさっそく髪を束ねると、彼女は満足そうにうなずいた。

「シュシュを作るときに、おまじないをかけておいたから。薫ちゃんが薫ちゃんらしくいられますように、って」

「ありがとう、ナナ。大事にするね」

「歩ちゃんには、袋に入れるものが思いつかなくて……」

「いいよ。ぼくはナナの料理道具をもらったからさ」

七緒は老人ホームに入所する際、持ち運べる家財道具が限られていた。処分するには愛着がありすぎる調理用品の数々を、歩がすべてもらいうけたのだった。

合歓木の診察を受け、彼の体調もずいぶんとよくなった。急激な身長の伸びも穏やかになり、それとともに不眠などの症状も和らいだ。

「学校のことは、もう大丈夫？」

「うん。担任の先生とちゃんと話し合えたから」

歩の体調は回復したが、出席日数がいよいよ怪しくなっていた。学校から呼び出しを食らい憂鬱な気持ちを抱える有間姉弟に、合歓木がひとつの助言をした。

薫は学校を訪問する際、直人に同行を頼んだ。彼はサラリーマン時代のスーツを引っ張り出し勤め人の格好に戻ったが、髪形や髭が彼を堅気の人間に見せなかった。

担任は直人の姿を見ると、ふんぞり返っていた姿勢を正した。

直人は険しい顔をしていた。手塩にかけてきた薫たちが大事なことを相談しなかったことに怒っていた。その表情が担任を威嚇し、進路指導室の空気を支配していた。

『成績や出席日数だけで若者の将来がすべて決まるなんて、誰が決めたのでしょうか？』

直人は乙女言葉を封印すると声が低くなる。それがさらに凄みを増し、担任は顔を真っ青にして首を横に振った。

『有間君は、まだまだ伸びしろのある、いい生徒だと思います』

あの横柄な態度はいったい何だったのか。直人の前ですくみあがっている担任を見て、薫はあきれ返ってしまった。

『こんな偏った考えを持つ教師に教わることなんて、たかが知れてますよね』

直人の鶴のひと声で、歩は啓明学院から通信制の高校へ転入することが決まった。転入手続きをとる際も、担任はすっかりおとなしくなって手続きに応じた。

いままでひとりで悩んでいた自分はなんだったのか。あまりにあっけない幕引きだった。

薫がその話をすると、七緒は声をあげて笑った。

「プライドの高い男こそ、自分には敵わない人間が来たら急におとなしくなるものよね」

「あんなに態度が変わるなら、もっと早くに直ちゃんに助けてもらえばよかったよ……」

自分がどんなに大人びた格好をしても、本物の大人には適わない。身をもってそれを学んだ薫は、背伸びをすることをやめた。

「お化粧、優しい顔にしたのね。まだ若いんだから、そっちのほうがかわいいわよ」

約束の時間が近づいているのか、直人が車から七緒を呼ぶ。彼女はそれに返事をし、声を潜めて薫に耳打ちした。

「合歓木先生、独立の噂があるって本当？」

「ナナ、どうしてそれを？」

「入院患者のネットワークをなめちゃだめよ」

若くして独立する合歓木のことを、薫も応援しなければならない。様々な医療機関が乱立する札幌の地で独立開業するためには、医師の腕だけでなく、患者に接する従業員たちも高いスキルを求められる。

「薫ちゃんも合歓木先生と一緒に行くの？」

「ううん、わたしはなにも言われてないよ」

「そうなの？　てっきり、引き抜かれたものだと思ってたわ……」

薫は患者の家族と主治医という立場にあるからこそ、合歓木との関わりが保たれていた。しびれを切らした直人に呼ばれ、七緒は車に乗り込んでいった。見送りが終わると仕事中の主治医や看護師たちは院内に戻ったが、合歓木は薫たちと同じく玄関に立っていた。

「じゃあ、僕たちも帰ろうか」

「先生、仕事中じゃなかったんですか？」

「今日は休みだったんだけど、昨日、仮眠室でうたた寝したら朝になってたんだよ」

薫たちは三人で市電に乗り、帰路についた。座席はひとりぶんしか空いておらず、合歓木と歩は薫を座らせ、つり革につかまった。

市電はいつもと変わらず路面を走っていた。赤信号で停まると再び動き出すまで景色が変わらない。まもなく中央図書館前、薫たちが降りる駅まであと二駅だ。

何気なく歩を見上げると、彼は食い入るように外の景色を見つめていた。

薫が振り向くと、有名なイタリアンの店があった。札幌軟石で作った重厚な蔵はひっきりなしに人が訪れている。

店の扉に、手書きのポスターが貼り出されていた。

『アルバイト募集　ホールスタッフ・調理補助　委細要相談』

それを見つめる歩のまなざしは真剣そのものだった。

やがて信号が青に変わり、市電が動きはじめる。中央図書館前のアナウンスがかかり、ゆるやかな減速を始めると、歩がつり革につかまっていた手を離した。

「姉ちゃん、ごめん、先に帰ってて」

引き留める間もなく、歩は市電を降りる。力強い足取りで走っていく背中を、合歓木が目を細めながら追った。

「このまま順調に進めば、そのうち、僕の診察を受けなくても大丈夫になるだろうね」

「合歓木先生、独立しても思春期外来は続けるんですか？」

噂の真相を本人に問いただしてしまい、薫はしまったと口元をおさえる。合歓木はそれに怒るでもなく、いつもの柔和な微笑みをたたえてうなずいた。

「木曜の外来は続けるつもり。新しいクリニックは薫ちゃんの家のすぐ近くなんだよ」

「そうなんですか？」

「いま、僕の家を改装中なんだ。一階を診療所にして、二階が自宅になる予定」

会いに行こうと思えば会える距離にいるということだ。薫は安堵の息をついたが、胸の中にかすかなくすぶりを感じた。

彼とはこのままの関係でいいのだろうか。

歩の通院が終了すれば、今までのように診察で顔を合わせることもない。たとえ合歓木が思春期外来を継続しても、いち事務員の薫と関わる機会はほとんどなくなるだろう。

彼と一緒に働いてみたい。

けれど、自信がない。入社三年目とはいえ、事務員としてはひよっこだ。経験の浅さで彼の足を引っ張ってしまうかもしれない。

言葉が出ない自分がもどかしく、薫は頭を掻く。七緒からもらったシュシュが耳元をくすぐり、薫にかけたおまじないを反芻する。

『薫ちゃんが薫ちゃんらしくいられますように』

薫はもう、背伸びをすることをやめた。シュシュに触れておまじないの力を借りる。

「先生。新しいクリニックの事務員はもう決まってるんですか？」

「ひとりは晴美ちゃんだけど、もう一人は募集するつもりでいるよ」

「わたし、それに応募してもいいですか？」

勇気を振り絞り、薫は言った。

「まだ経験は浅いけど、早く一人前になれるよう頑張ります」

合歓木のまぶたが、ぴくりと動く。彼はなにかを言いかけたが、ロープウェイ入口駅に到着した市電が薫たちの会話を遮った。

降車し、発進していく車両を見送る。やがて合歓木は振り向き、薫の顔を見た。

いつも柔和に微笑んでいる目じりが、よりいっそう波打つさまを、薫は不安と期待が入り乱れた気持ちで見つめた。

「あの家なら、薫ちゃんも通勤が楽になるね。目が覚めたら市電を一周してたとか、そういうことも起きないし」

「そんなことをするのは先生だけですよ」

薫はそう返し、合歓木と顔を見合わせて笑った。

○

椅子の上で眠る合歓木が寝息ともつかない声を漏らし、寝顔を見つめていた薫は我に返った。

「……薫ちゃん？」

細められたまぶたのむこう、瞳が正面に立つ薫をとらえている。寝起きの声がいつもより低い。

「目が覚めるまで看《み》ているつもりだったのに、僕のほうが寝ちゃったよ」

深みのある声が耳朶《じだ》をくすぐる。彼は身体にかかったブランケットに気づき、薫の肩に羽織らせた。

ブランケットには彼のぬくもりが残っている。合歓木は小さなあくびを漏らし、寝起きのまぶたをごしごしとこすった。

「よかった。目を覚まさなかったらどうしようって心配だったんだ」

そのまぶたが開かれ、薫は真正面から見つめた。

吸いこまれそうなほど、澄んだ瞳をしていた。

こんなに綺麗な瞳を見たのははじめてだった。

鼻先をくすぐるのはブランケットに移った彼の香りか。

「……薫ちゃん？」

眠気の残る声が甘い。彼はなにかを言いかけたが、部屋の電気が点くとまぶたとともにそれを閉じた。

「ただいま。晩ごはん買ってきたよ」

「といっても、近所のコンビニ弁当だけどね」

現れたのは宮田姉妹だった。ふたりはそれぞれ白いビニール袋を持っている。

「薫、体調はどう？　夜ごはん食べれそう？」

「ぐっすり眠ってたけど、合歓木先生に変なことされなかった？」

矢継ぎ早に話しかけられ、静かだった室内に言葉の明かりが咲く。ふたりはてきぱきとテーブルの上に袋の中身を並べた。

「お弁当が売り切れでおにぎりしか残ってなかったのよ。カップのお味噌汁と、お惣菜も適当に買ってきたから」

おにぎりの具も梅干しや昆布など残りものばかりだ。薫は寝起きで胃が動いていないが、合歓木は起床後もすぐに食べられるらしく、おにぎりに手を伸ばした。

「コンビニのおにぎりって、海苔を巻くのが難しいよね」

「先生、違いますよ。ここのテープを引っ張るだけで海苔が巻けるんです」

コンビニのおにぎりは手軽にぱりぱりの海苔で食べられるのが売りだが、合歓木はわざわざ包装紙を剝がして巻きなおそうとしていた。薫がテープを引っ張って作って見せると、彼はまるで子どものように「便利だね」と笑う。

「先生、普段自炊もしないのに、なに食べて生きてるんですか？」

「基本はカップ麺かな」

「栄養偏りますよ。ほら、サラダもちゃんと食べてください」

薫は自分の食事よりも先に、合歓木の前にサラダや惣菜のパックを並べる。宮田姉妹は味噌汁をすすりながらその様子を眺めている。

「ほんと、薫がいると合歓木先生のお世話をしなくていいから助かるわ」

「居眠りしても叩き起こしてくれるし、おかげで仕事の負担が減ったわよ」

口々に言う彼女たちに、合歓木はばつが悪そうにおにぎりの海苔を整えた。

「薫は知らないけど、合歓木先生、あたしたちが起こすとすっごい機嫌悪くなるのよ」

「そうなんですか？」

おにぎりをほおばろうとしていた合歓木が、慌てたように声をあげる。

「二人の起こし方は手荒すぎるんだよ。爆音目覚まし時計とか、まぶたの上にメントールとか、顔に落書きとか」

「そうでもしないと起きない先生が悪いんです」

宮田姉妹は合歓木との付き合いも長い。おやすみ三秒の特技を持つ彼をいままであの手この手で起こしていたのだろう。

「薫ちゃんはちょうど目が覚めやすいころに声をかけてくれるんだ。きっとレム睡眠の波長が合うんだよ」

「そんなの言い訳ですって」

「そうそう。なんだかんだ言って、先生も薫に起こしてもらいたいんでしょ」

口々に言われるが、彼はあえて聞こえないふりをする。読みかけの新聞に手を伸ばし、広げる姿は休日のお父さんのようだ。

「薫、全然食べてないけど本当にどこか悪いんじゃない？」

食事に手をつけない薫を見て、晴美が言った。

「大丈夫です。ちょっと、胸がいっぱいで」

薫は味噌汁のカップを手に取り、冷えた指先をそれであたためた。

「最近ずっと、家でひとりだったから。賑やかなのは久しぶりだなって」

歩と顔を合わせない生活が、こんなにも心を弱らせるとは思ってもみなかった。

しかし、会えない日が続いても家の中に気配があった。夜、薫が布団に入ったころに帰宅する足音や、出勤前に寝室から聞こえるかすかな寝息に、たしかに家族の存在を感じていた。

「夜、寂しくって眠れないって、子どもみたいですよね」

布団の中に入っても眠りが浅く、頭のどこかで歩が帰宅する足音を探してしまう。朝早くに目が覚め、寝室に人の気配があることを何度も確認してしまう。毎日のそれが積み重なり、ついに仕事中に倒れてしまった。

「今日はすみませんでした。明日からちゃんと働きます」

頭を下げる薫を見て、宮田姉妹が息もぴったりに味噌汁をすする。

「薫が倒れてからね、合歓木先生ったら心配して何回も休憩室に行ってたのよ」

「そうそう。全然仕事にならなくて大変だったんだから」

ふたりの茶化すような言葉に、合歓木が新聞のページをめくりながら咳払《せきばら》いをした。新聞は後半部に差し掛かり、彼は地方面の見出しに目を留めた。

「春先の不審火、続報が載ってるよ」

「本当ですか？」

「穂波ちゃんも、この記事を読んだのかもしれないね」

――連続不審火、犯人捕まる
事件が多発していたころは大きな見出しで組まれていたが、今では小さな扱いになっていた。薫は一文字も取りこぼさぬようにと読みふける。

犯人は市内に住む男性。仕事でストレスがたまり、むしゃくしゃして火を放ったと供述。記事には彼が認めた放火地域が載っていた。

「穂波のマンションのことは書いてない」

罪が重くなるのを恐れて黙っているのか？　小さな記事はそこまでで終わっていた。

穂波の眠りを妨げているのは、犯人が見つからぬ不審火への恐怖心だ。不眠の原因が取り除かれない限り、彼女の生活に安眠は戻ってこない。

「このままじゃ、穂波の不眠はよくなりません」

「次の診察で、不審火があった日のことを詳しく聞いてみようか」

新聞紙をたたむ合歓木に、宮田姉妹が口々に言う。

「今日の遊佐さん、とても興奮してたよね。気まずくなって次から診察に来ないかも」

「そうね。あの子はそういうこと、とても気にしそうだわ」

病院となんらかのトラブルを起こし、診察に来なくなってしまう患者は多い。

「そもそも、先生はどうして導入剤を処方しないんですか?」

合歓木が患者の訴えを無下にするのは疑問が残る。治療方針を決めるのは医師であり、薫が口を出すものではないが、彼は怒る様子もなく新聞をテーブルに置いた。

「アロマと同じだよ。薬だと思っていても、時には毒になることもあるからね」

彼はまぶたを細め、医師の顔になった。

「薬には必ず副作用がある。飲み合わせも注意が必要だし、細かい制約も多い薬だから、それを守って服用するのは案外難しいんだよ」

しかし、彼としても不眠に悩む患者を見すごすわけにもいかない。

「穂波ちゃんはなぜ薬にこだわるんだろう。火事の恐怖が残るなら、住んでいるところを引っ越すという方法もあるのに」

「そう簡単に引っ越せないから、他の安眠方法に頼りたいんじゃないですか？」

薫の言葉に、合歓木は目を細めて唸るばかりだった。

6

日曜日の長い夜

土曜日の午前診療後、薫は市電に乗って中島公園を訪れた。

「久しぶりね、薫ちゃん。来てくれるなんていつぶりかしら？」

「なかなか会いに来なくてごめんね。ナナも元気そうで安心したよ」

七緒の新しい住まいは市電沿いにあり、最寄り駅は『中島公園通』。すぐ近くにいると思うと安心してしまい、薫が遊びに行く回数は少なかった。

彼女が入居した施設は介護付き有料老人ホームではなく、サービス付き高齢者向け住宅――いわゆるサ高住だった。要介護高齢者が多く入所する介護施設とは異なり、自立あるいは軽度の要介護高齢者を受け入れている。住宅はすべてバリアフリーであり、常駐する生活相談員から安否確認や様々な生活支援サービスを受けることができるのだった。

部屋は個室で、家事や炊事も可能な限り自分で行う。外出や外泊も自由。七緒は薫が遊びに行くと、いつも「公園に散歩に行きましょう」と誘った。

シルバーホームの目の前に中島公園の緑が広がっている。七緒は杖を片手にゆっくりと歩き、薫はその隣に並んだ。中島公園の広い敷地にはコンサートホールや歴史的建造物である豊平館《ほうへいかん》があるが、彼女は草木を愛《め》でながら池のまわりを一周するのが好きだった。

「外の空気が気持ちいいわ、もうすぐ夏が来るのね」

「ナナ、いつもホームでなにしてるの？」

「前と変わらないわ。料理をしたりパッチワークをしたり、ホームで月に何度かあるヨガ教室に通ったりね」

シルバーホームの住人は比較的元気な高齢者が多いため、彼女も新しい生活を毎日楽しく過ごしているらしい。彼女の歩みは遅いが、一歩一歩力強い足取りで公園を歩いている。

「退院してからも、夜、眠れないのが続いててね。でも病院の薬に頼るのも嫌だから、なるべく飲まずに昼間に身体を動かすようにしてるのよ」

蝦夷梅雨があけ、季節は徐々に夏へと移ろい始めている。公園の木々も色が深まり、風とともに緑の香りが舞った。

「今日はヨガの日なんだけど、薫ちゃんが来てくれたからお休みにしたの」

「そうなの？　用事がある日に遊びに来ちゃってごめんね」

「いいのよ。散歩が終わるころに先生に会えたらそれでいいから」

シルバーホームに戻ると、談話室がにぎやかな空気に包まれていた。七緒の予告通りヨガ教室が終わったばかりらしく、住人たちはほんのりと汗ばんだ姿で自室へと戻っていく。

「――いたいた。先生！」

後片付けをしている講師のまわりに、数人の生徒が集まっている。七緒が声をかけると、生徒たちの輪からポニーテール姿の女性が振り向いた。

そこにいたのは、ヨガウェアに身を包んだ穂波だった。

「七緒さん、今日はお休みだったから心配してたんですよ。脚が痛みますか？」

「ちがうの、お客さんが来ていたからお散歩してたのよ」

「お客さん？」

穂波は七緒の後ろに立つ薫に気づくと、形のいい目を丸く見開いた。

「薫、どうしてここに？」

「穂波、ここでもレッスンしてたんだね」

思いがけない場所で再会を果たす二人の顔を、七緒が交互に見やる。

「二人とも知り合いだったの？　それならここで少しお話ししていったらいいわよ。私、先生に渡したいものがあるから、ちょっと部屋に戻るわね」

杖を巧みに操り、七緒が去っていく。ヨガ教室が終わると談話室も人がいなくなるらしく、あっという間に二人きりになってしまった。

「穂波が元気そうでよかったよ」

「……この間は、診察をすっぽかしてごめんね」

彼女は木曜の予約日、約束の時間に姿を見せなかった。晴美たちが懸念した通り、合歓木に声を荒らげてしまったことを気にしているのだろう。

「来週の木曜にもう一度予約を入れておくから、診察に来てね。合歓木先生ものんびりしてる人だから、せっかちな患者さんがイライラすることがよくあるの」

「……気をつかわせちゃってごめんね」

談話室の椅子を引き、穂波はそこに腰掛けた。

「新聞の記事で、不審火の犯人が捕まったのを読んだけど、うちのマンションのボヤとは関係ないって知って不安になっちゃったの。これからも眠れない夜が続くと思うと焦っちゃって……先生はいつも丁寧に診察してくれてるのに、あれじゃ八つ当たりよね」

やはり彼女は続報を知っていたのだ。眠れぬ夜が続く緊張から情緒不安定になってしまったのだろう。化粧で隠しきれないクマが彼女の眠れぬ夜を物語る。

「家にいるのが辛いなら、土曜だけじゃなく、しばらくうちに泊まってもいいんだよ？」

少なくとも、薫の部屋に泊まる日は、穂波も安眠を確保できているようだ。日曜の朝は晴れやかな表情で仕事に向かっていく。

「うちだと気をつかうようなら、一時的にでも実家に帰ってみるとか」

「それはできないかな」

穂波はそこだけははっきり否定した。

「私の母親って、いわゆる教育ママなの。有名なバレエ教室があったらお金に糸目をつけず通わせてくれたけど、腰をだめにしてから見向きもしてくれなくなってね。家を出てから、もうずっと連絡してないのよ」

「そうだったんだ……」

たとえ両親が健在でも、家庭によってそれぞれの事情があるらしい。薫が会話の糸口を探していると、談話室にひとりの男性が顔を出した。何度か顔を合わせたことがある、シルバーホームの生活相談員だ。

「布部さんのお知り合いですよね？　たしか、以前同じアパートに住んでいた」

「そうです。いつもナナがお世話になってます」

「よければ、一度空田さんに連絡いただけるようお願いできますか？　布部さんのことで少しご相談したいことがあって」

「直ちゃんに？」

七緒がシルバーホームに入居する際、提出する書類に連帯保証人の署名が必要だった。本来なら家族がサインをするが、七緒には身寄りがなく、直人が保証人を買って出たのだった。

「布部さんと他の入居者さんのことで、ご相談したいことがあって」

普通の賃貸生活と違い、介護付き有料施設やサ高住では入居者同士の距離が近く、人間関係でなにかしらのトラブルがおきやすい。

「わかりました、伝えておきます」

「よろしくお願いします」

職員が談話室を去っていくと、入れ違いに七緒が戻ってきた。紙袋やトートバッグを持っている。彼女は自分の話をされているとは知らぬまま、いつもと変わらぬ様子で薫たちに話しかける。

「遅くなってごめんなさいね。これ、ふたりにあげようと思って」

それぞれに紙袋を渡され、薫たちはお礼の言葉を添えて受け取った。

薫の袋にはリボン模様のシュシュが入っていた。七緒はいつも薫に新作をくれる。対して、穂波の袋に入っていたのは小さな巾着袋だった。

「ラベンダーのポプリが手に入ったから、穂波先生にサシェを作ってみたの」

布地は薫と同じものだ。穂波はそれを手に取り、鼻先を近づけ香りを確かめる。

「なつかしい。前にももらいましたよね、これ」

「穂波先生、また眠れていないんでしょう？　目の下、クマが隠せていないわよ」

七緒の指摘に、穂波が目元に手をやる。七緒は以前から彼女の不眠を見抜いていたらしい。

「病院に通っていたころも、腰が痛くて眠れないって言ってたものね」

「……病院？」

それは眠りの森クリニックのことだろうか。しかし、穂波がそう簡単に通院のことを誰かに話すとも思えない。首をかしげる薫に、七緒は穂波に目くばせをしながら言った。

「私が入院してた時、穂波先生も腰の治療で同じ先生に診てもらっていたの。リハビリで顔を合わせることも多かったから、そのときからの付き合いなのよ」

「そうなんだ、知らなかった……」

薫が北星総合病院で働いていたころ、穂波はすでにバレエをやめ帰国していたのだ。同じ病院ならどこかですれ違っていたかもしれないが、薫は歩のことで頭がいっぱいで、周囲に気を配る余裕がなかった。

「穂波先生はそのときのリハビリでヨガにはまって、先生になったんだものね。ここでレッスンを受けられるなんて嬉しいわ」

「こちらこそ、まさか七緒さんと薫が知り合いだなんて知りませんでした」

こんなところで三人がつながるとは、世間も狭い。七緒と話すうち、穂波はすこし顔色がよくなったようだ。ラベンダーには心を落ち着ける効果があり、彼女はその香りを愛おしむように嗅いだ。

「穂波先生のサシェに、ぐっすり眠れるようおまじないをかけてあげたからね」

「ありがとう、七緒さん」

穂波は待合室の時計を見て、仕事道具の入った鞄を重たそうに持ち上げた。

「私は次のレッスンがあるので、これで失礼しますね」

「穂波、今日も泊まりに来るでしょ？　家で待ってるから」

「ありがとう、薫」

穂波はあいかわらずヒールの高い靴を履き、颯爽とした足取りで帰っていった。その眩《まぶ》しい後ろ姿を見送り、薫もまた腰を上げる。

「わたしもそろそろおいとましようかな」

「あのね、薫ちゃんにお願いがあるのよ」

七緒は言いながら、生成りのトートバッグを差し出す。

「これ、さっき歩ちゃんが忘れていったの。渡してくれないかしら？」

中には、教科書やノートなど勉強道具の一式が入っていた。

「これ、学校で提出するレポートじゃない。登校日は明日なのに」

そもそも、なぜこれがここにあるのか。薫の表情を読んだように、七緒が続ける。

「歩ちゃん、最近よくここに来てお勉強していくのよ。勉強をしているうちにアルバイトの時間になっちゃって、急いで帰ったから忘れちゃったみたい」

土曜は薫が早く帰宅するため、鉢合わせするのを避けたのだろう。彼の心が垣間見えた。

「ありがとう、ナナ。歩に渡しておくね」

七緒に見送られ玄関を出ると、シルバーホームの前に一台のレトロカーが停まっていた。秋峯と同じワーゲンバスで、薫はつい、運転席を確かめてしまう。

「あれ、薫ちゃんなにしてるの？」

そこには秋峯が座っていた。

「秋峯さんこそ、どうしてここに？」

「中島公園の店舗、このホームに薬の配達をしてるんだよ。在庫が足りなくて渡せなかった薬を俺たちの店舗から回したら、ついでに届けに行けって言われてさ。人使いの荒い会社だよな」

私服の彼は時間外の仕事だったのだろう。

「いつもおつかれさまです」

「ありがとう。でも、おかげで薫ちゃんに会えたよ。渡したいものがあったからさ」

彼はダッシュボードの蓋を開け、中からA４サイズの茶封筒を取り出した。

「これ、俺もいくつか世話になったものだから」

薫は中身を確認し、驚きの表情で彼を見つめた。

「前は話を聞くことしかできなかったけど、俺も少しは役に立てたかな？」

「本当に、いつもありがとうございます」

薫は封筒を抱きしめ、秋峯に深々と頭を下げた。

○

市電『中央図書館前』は、名前の通り中央図書館が目と鼻の先にある。トラットリア・リラの重厚な石蔵は図書館と同じ並びにあり、土曜のランチタイムは忙しかったのか熱気を吸った石壁が上気しているように見えた。

薫は入り口の前に立ち、『close』の看板を見つめた。

トラットリアの営業時間にはアイドルタイムがある。ランチが終わると一度店を閉め、仕込みをして夜に再び店を開ける。社員はランチからディナーまで通しで働くが、アルバイトは昼か夜のどちらかを中心にシフトが組まれ、歩は夜のシフトを担当していた。

生活がすれ違っていても、ある程度の行動パターンはわかっている。しかし、突然職場に押し掛けられては歩も迷惑だろう。薫が入り口で逡巡していると、背後から声がした。

「姉ちゃん、何してんの？」

振り向くと、自転車にまたがった歩がこちらを見ていた。トラットリアの制服の上にパーカーを羽織っている。かごには大きな買い物袋が入っていた。

「仕事中にごめんね。今日、ナナところに遊びに行ったら、忘れ物を届けてほしいって頼まれて。これ、学校の教科書でしょう？」

薫がトートバッグを渡すと、彼はこぼれ落ちんばかりに瞳を見開いた。

「明日提出なのに、すっかり忘れてた……」

彼は顔を真っ青にして中身を確認する。通信制の高校ではレポートの提出がなによりも重要とされており、提出日に遅れてしまえば、即、単位に関わる。

「わざわざ持ってきてくれたの？」

職場に届けずとも、居間のテーブルに置けば歩も気づいただろう。けれど薫は、忘れ物という口実を得て、あえてアイドルタイムに顔を出したのだった。

「この間はごめんね。歩と、話がしたくて」

歩は姉の口実を見抜いたのだろう、長い前髪の中に瞳を隠す。他者を拒む時にする癖だ。

「今日、アルバイトが終わって帰ってくるの、家で待ってるから」

「……今日は夜に貸切りの団体が入ってるから、帰ってくるの遅くなるよ」

「遅くなっても、起きて待ってるから」

煮え切らない返事をする彼に、薫はなおも話しかけた。歩はまだ、薫の話に耳を傾ける気持ちがある。前髪の隙間から見え隠れする視線を感じ、薫はまっすぐに見つめた。

「歩と、これからのことをちゃんと話したいの」

沈黙が二人の間を流れる。歩は買い物袋を持ち直すと、トラットリアの扉に手をかけた。

「いまはぼくも休憩時間だから、中で話そう」

仕込みの時間も鍵は開いている。扉をくぐると、オーナーが仁王立ちで待ち構えていた。

「遅いぞ、歩。買い物にどれだけ時間かかってるんだ」

「すみません、外に姉ちゃんがいたので」

彼は歩の後ろに隠れる薫に気づくと、どすをきかせた声を和らげた。

「いらっしゃい、薫ちゃん。こんな時間にどうしたんだい？」

「お仕事中おじゃましてすみません」

「オーナー、ちょっとふたりで話をしてもいいですか？」

仕込み中の厨房からはトマトソースの香りが漂ってくるが、営業中の戦場のような忙しさは感じられない。オーナーは薫の訪問に驚いたが、二人の間を流れるぎこちない空気に気づいたのか、渋々といった様子で首を縦に振った。

「二階の席を使いな。一階だと落ち着いて話せないだろ」

「ありがとうございます」

歩は買い物袋を持ったまま厨房に消えた。かわりに薫を案内したのはオーナーであり、彼は二階席に薫を案内した。団体客用にテーブルがまとめられているが、二人用の小さなテーブルが空いていた。吹き抜けから下をのぞくと、厨房から仕込みの野菜を刻むスタッフの姿が見える。

石蔵の静謐な雰囲気が満ちる二階に、他の従業員の姿はない。歩はなかなかやってこず、その間をオーナーの雑談がつないだ。

「さっきまで歩に買い物を頼んでいたところなんだよ。ディナーの材料が足りなくてね」

「貸切りって、そんなに大所帯なんですか?」

「女子大のサークルが団体で来るんだ。うちの若いやつらは女の子が来るってんで、休憩中も浮足立ってみっともないったらありゃしない」

名前を聞くと、かつて薫が通っていたお嬢様学校の姉妹大学だった。両親の事故がなければ薫が進学していたはずの学校だ。何も知らないオーナーはたわいもない世間話で時間を埋めた。

やがて階段を上る足音が近づき、歩が二階席に上がってくる。彼は片手に大きな皿を持ち、オーナーに向かって一礼した。仕事の動きが染みついているのか、その姿に品がある。

歩はいつものウェイター姿ではなく、濃茶のコックコートを着ていた。前髪を頭の上に結び、オーナーが立ち去り際そのちょんまげをつついていった。

「歩、その格好……？」

「オーナーのおさがりだよ。ワイシャツだと仕込みの時に汚れるから貸してくれたんだ」

コックコートにはあちこちに焼け焦げやほつれがあった。オーナーは体格がいいためサイズが合わず、彼はずり落ちてくる袖をまくり、大皿をテーブルの上に置いた。

「ちょうどまかないの時間だったんだ。たくさんあるから一緒に食べよう」

皿の上にはパスタが山盛りになっている。今日のまかないはボロネーゼだった。薫が普段作っているレトルトのミートソースと違い、はじめから麺とソースがからめてある。

「ありがとう。また食べたかったの、ボロネーゼ」

以前秋峯と食べたときは、食事を楽しみきれず味を覚えていなかった。歩は慣れた手つきでパスタをとり分け、薫の前に置く。形よく盛られたボロネーゼは白い湯気をあげ、薫ははやる気持ちをおさえフォークをとった。

「いただきます」

肉がこぼれないように巻き付け、大きな口をあけてひと口。赤ワインの風味香るソースの味が口いっぱいに広がった。

ごくりと飲みこみ、またひと口。黙々と食べる姉の姿を、歩がじっと見つめた。

「……味、どう？」

「おいしいよ。食べる手がとまんない」

以前とひき肉の種類が違い、大小あるかたちが歯ごたえのアクセントになっている。アルデンテの麺との食感が楽しい。

「歩、食べないの？　おいしいよ？」

「それ、ぼくが作ったんだ」

取り皿におかわりを盛る薫を見て、歩は言った。

「最近、オーナーがまかないを作らせてくれるようになったんだ。ボロネーゼは何回も練習してるんだけど、難しくって」

「全然気づかなかった。誰か他の人が作ってるものだとばかり」

肉の大きさがまばらなのは、仕込みの際に出たくず肉をミンチにしているためらしい。歩はそれを説明し、脱力したように天井を仰いだ。

「よかった」

緊張の糸が切れたのか、彼はそのまま戻ってこない。空調の風を受けちょんまげが揺れた。

「コックコートを着てるから、厨房に入ってるのかと思った」

「まさか。基本はホールで、仕込みも野菜の皮むきを手伝ってるだけだよ」

ようやくフォークを手にし、歩もボロネーゼを食べる。舌の上でパスタを転がし、ソースの味を探る表情は真剣そのものだった。

「やっぱり、まだまだだね。パスタの茹で具合も、ソースの塩加減も微妙」

「そんなことない、おいしいよ。わたしが作るレトルトに比べたら、お店の味そのもの」

「姉ちゃんがいつもミートソースばっかり食べてるから、家で本場の味を作ってあげようと思って練習してたんだ」

歩は額のちょんまげをほどき、前髪の隙間からうかがうように薫を見た。

「ぼくも、姉ちゃんと話したいと思ってたから」

話す機会を探していたのは彼も同じだった。薫は水を飲み、あらためて歩と向き合った。

「この間は、勝手に荷物を見てごめんね」

吹き抜けの階下から、従業員たちの談笑が聞こえる。けれど、話の内容まではわからない距離がある。薫はそれを確認し、静かに口を開いた。

「歩が進路について悩んでるのはわかってるつもり。もし、進学をあきらめる理由がお金のことだとしたら、ちゃんと話しておきたいと思ったの」

それはたとえ家族であっても、話しづらいことだった。

「もし歩が大学に行きたいって言うなら、お金のことは心配しなくていいよ」

「……でも、うちにはあまりお金がないでしょ？」

「そのこと、もっと早くに話しておくべきだったね」

薫は鞄の中から茶封筒を取り出し、それを歩に差し出した。

「大学の学費は、わたしのお給料ではとてもじゃないけど払うことができない。でも、いまは奨学金がいろいろあって、それをちゃんと教えておこうと思って」

シルバーホームで秋峯がくれたのは奨学金のパンフレットだった。

奨学金にも様々な種類があり、低金利のローン扱いから、無利子の貸し付けや給付型まで様々ある。数種のパンフレットの中から、薫は目当ての一冊を歩に見せた。

「……交通遺児育英会？」

「お父さんやお母さんが交通事故に遭った人を対象にした奨学金なの」

交通遺児育英会は、保護者の交通事故が原因で経済的に修学が困難になった子どもたちに学資を貸与する財団だった。

「保護者が死亡したり、重度の後遺症が残ったりした場合に、奨学金を無利子で貸してくれるの。これはわたしたちが申請できる奨学金。他にも、新聞奨学金みたいな給付型の奨学金もあるし、それは秋峯さんに聞けば詳しく教えてくれると思う」

秋峯は実家に頼らず自力で大学を卒業した。お金のことで進学を悩む気持ちを誰よりもわかっている。だからこそ有間姉弟のために様々なパンフレットを集めてくれたのだろう。

彼の親切に心の中で頭を下げ、薫は続けた。

「奨学金で学費を賄えば、あとの問題は生活費でしょ。一緒に住む限りはいままでと変わらないから、お金がないから進学できないとは思わないでほしいの」

歩はしばし呆然とパンフレットを見つめていた。

そしてしばらくの間をおき、嘆息ともつかない吐息を漏らした。

「……姉ちゃんのこと、ずっと避けててごめん」

消え入りそうな声で、彼は言った。

「別に、お金がないから進学できないとか、そういうことを考えていたわけじゃないんだ」

パンフレットを几帳面に揃え、歩は封筒に戻した。

「この間、前の高校の同級生が店に来たでしょ？　そのときに、いまの仕事を底辺って言われたことに、たまらなく腹が立ったんだ」

それは有間家の冷蔵庫騒ぎが起きたときのことだ。トラットリアに啓明学院時代の同級生が来た。彼が歩に言ったひどい言葉を思い出すと、薫は今も胸が苦しくなる。

「事実、時給八三五円のバイトだしね。高卒と大卒は初任給が全然違うし、生涯年収も大きく変わるんだ。それは啓明学院にいたときから先生にも言われていたことで、あそこは、大学に行かないといい企業に就職できないって口を酸っぱくして言ってたから」

　残り少ない水を飲み干し、歩は飲み口を指で拭う。

「同級生や先生を見返すためには、やっぱり大学に行かないとだめだって思ったんだ。だから学校の資料を取り寄せてみたんだけど、いざ行きたい大学を考えたら、自分がなにを勉強したいのかわからなかったんだ」

　彼が取り寄せていた資料は専門課程や特色がどれも違っていた。統一感のない内容は、当時の彼の気持ちをそのまま表していたのだろう。

「とりあえず、学校に行くならお金を貯めなきゃと思ってバイトのシフトを増やした。そうしたらオーナーはぼくが就職を決めたと思って厨房の仕事を教えてくるし、店を閉めても全然帰らせてくれなくて」

　歩の帰りが遅い理由は、なにも薫を避けていただけではないらしい。慌ただしい毎日を過ごし、家に帰るなり疲れ果てて眠ってしまった。学校のレポートに取り組む時間がとれず、七緒のホームに遊びに行った際にまとめて勉強をしていたのだ。

「ぼくは料理が好きだから、このまま調理の道に進むのもいいかなって思ってる。でも、前の高校を中途半端にしてしまったことが心に残ってるんだ。このまま卒業してここの社員になっても、大学に行ったとしても、うまくいかなくて中途半端に投げ出してしまったら？」

かつて教師に言われた言葉が、今も彼の言葉を苦しめていた。

「それがこわくて、これからのことを考えることができないんだ」

「まだ時間はあるんだから、ゆっくり考えよう」

今はまだ六月、卒業まではまだ時間がある。薫がそれを告げると、階下からオーナーの咳払いが聞こえた。

ディナータイムが近づき、店内がにわかに動きはじめる。薫たちは食器を持って一階に降りた。

「歩、さっさと準備しろ！」

オーナーに鬼が降臨しはじめている。歩は慌てふためきながら食器を厨房のスタッフに渡した。

扉が開き、最初の客が現れる。彼は条件反射で営業スマイルを作った。

「いらっしゃいませ」

爽やかな挨拶だ。入り口に駆け寄る歩を薫は呼び止めたが、一歩遅かった。

「予約をしていた○○女子大です」

「お席のご用意はできていますので、二階席にどうぞ」

歩が促すと、お洒落な服に身を包んだ女子たちが二階に上がっていく。店の雰囲気が華やぎ、薫は気圧されてカウンターの隅に小さくおさまった。

「団体でうるさいと思いますが、よろしくお願いします」

幹事とおぼしき女の子が行儀よく頭を下げる。巻き髪を耳にかけ、歩を見上げたその顔はいたずらっ子のように笑った。

「あゆむん、また来ちゃった」

以前、店に来た同級生の女の子だ。彼女は歩の姿を見て、つけまつげで盛ったまぶたを何度も瞬かせた。

「その格好、どうしたの？」

「あ……」

歩はコックコートを着たままだった。自分の姿を見下ろし、彼はそれに気づいた。

「あゆむん、すごい！　シェフになったの？」

彼女の素っ頓狂な声が店内に響く。同行していた女子の視線が、一斉に歩に注がれた。

「誰？　超イケメン」

「高校時代の同級生なの。ここで働いてるんだ」

「同級生がシェフとか、すごいじゃん」

姦《かしま》しく話す女子たちに、歩が目を白黒させる。同世代との関わりが薄いため、その勢いに圧倒されているようだ。

「こないだの料理が超おいしくって、サークルの飲み会で予約したんだ。今日はあゆむんの料理が食べられるの？」

「いや、ぼくは……」

「大丈夫、未成年はちゃんとジュースにするから。お酒飲んだのがばれて困るのはあたしたちだけじゃなくて、お店側もだもんね」

話し方は今どきの若者だが、元来真面目な性格をしているのだろう。残りの女子たちもめいめい二階席に上がり、残された幹事はコース料理を抜かりなく確認していた。

「あゆむん、背伸びたね。学校辞めてからずっと心配してたんだ」

「うん。……女子大に進学したんだね。楽しい？」

歩の問いに、彼女は少し表情を曇らせた。

「北大、落ちちゃってさ。でも、うちはお金がないから浪人できなくて、滑り止めに入るしかなかったんだよね」

「そうなんだ、残念だったね」

「あたしたちの代、不合格が多くてさ、担任に『近年まれに見る不作だな』って言われたんだよ。超ひどくない？　めっちゃ頑張って勉強したのに！」

担任の態度は相変わらずだったらしい。その口ぶりが目に浮かび、薫は心の中でため息をつく。

「でも、大久保くんは合格したんでしょ？　ふたりはつきあってるの？」

「まさか、全然タイプじゃないし！」

よりいっそう大きな声を出して、彼女は顔をしかめた。

「あいつも落ちたのよ、北大」

「……え？」

彼女の言葉に、歩が目を見開く。

「担任やあたしたちには受かったって嘘をついたの。でもそんなのすぐバレるじゃない？　こないだ急に連絡が来てさ、興味本位で会いに行ったの」

彼女はけちょんけちょんにけなすと思われたが、愁いを帯びた表情を見せた。

「あゆむんに会って大久保、北大生だって嘘をついたでしょ？　あたしも女子大に行ってること言わなかったし、大久保と変わらないって後で思ってさ……」

彼女は巻き髪をいじるふりをして顔を隠した。

「大久保の気持ち、ちょっとわかるよ」

巻き髪の中に隠された額に、賢そうな名残がある。

「担任は何がなんでも北大みたいな雰囲気だったし、大久保も親の期待が大きかったから、家でも居場所ないらしくてさ。浪人生活、地獄だろうね……」

巻き髪をしきりに指に巻き付け、彼女は遠慮がちに歩を見上げた。

「あゆむんが自分のバイトをけなされても最後までちゃんと接客してくれて、あたし、なんてバカなことしたんだろうって思ったの」

そして彼女は、本来の自分の姿でトラットリアにやってきたのだった。

「あゆむんはすごいね。自分の料理を人に食べてもらって、認めてもらえるなんて」

「これはただのバイトだよ」

歩は間髪入れずにそう言った。

「料理は出せないけど、精一杯おもてなしするから。今日は楽しんでいってね」

歩の素直な言葉に、彼女は呆然と見上げ、やがてくしゃっと破顔した。

「……あゆむんのそういう素直なところ、好きだと思ってた同級生、たくさんいたよ」

階上からは賑やかな話し声がふりそそぎ、幹事が来るのを待っている。名前を呼ばれ、彼女は階段を上がった。

「あゆむんが担当してくれたら、あたしたちのテーブルめっちゃ盛り上がるよ」

「わかった。急いで着替えてくる」

歩は更衣室へと駆け出した。薫はすれ違いざま、彼の瞳が少しだけうるんでいるように見えたが、わざと気づかないふりをした。


穂波は空田治療院で施術を終えると、約束通り薫の部屋を訪れた。

いつもなら夕食を食べ終えたあたりで眠気を訴え、シャワーもそこそこに布団に入ってしまう彼女だが、今日は湯船をはったお風呂からなかなか出てこない。薫は夕食の後片付けをし、ミルクパンに牛乳を注いだ。

換気扇が回る音に耳をすませると、鉄骨の階段を上る足音が聞こえた。歩は仕事中だ。帰ってきたのは秋峯だろうか。足音は最後まで登らず中ほどで途絶えた。

玄関の鍵をあけ、外の様子をうかがう。羽虫が飛ぶ外灯の下、階段に腰掛ける姿があった。

「直ちゃん、おつかれさま」

声をかけると、直人は口に煙草をくわえていた。

彼は仕事終わりに一服をする習慣がある。今日は遅い時間まで診察していたらしく、白衣のボタンを外し気だるげに紫煙をくゆらせていた。

「煙草の煙、家の中に流れちゃったかしら?」

「それは大丈夫。直ちゃん、今までお仕事してたの？」

「穂波の後に急患が来たの。頼られると断れないじゃない？」

直人はゆっくりと煙草をふかし、夜空に向かって煙を吐く。コーヒーの空き缶に灰を落とすしぐさにそこはかとない色香が漂い、薫はつい、見とれてしまう。

「お腹がすいて動けないわ。なにか残り物はある？」

「今日はふたりともよく食べたから、何も残ってなくて……」

言いながら、薫は火にかけたままの牛乳を思い出した。

「しまった、沸騰してるかも」

あわてて部屋に戻り、台所へと走る。牛乳が吹きこぼれると後始末が大変だ。大惨事を覚悟していたが、ガスコンロの前には湯上がり姿の穂波が立っていた。

「牛乳、沸いてたから止めておいたよ」

「ありがとう」

吹きこぼれを免れた牛乳は、ミルクパンの中で薄い膜をはっていた。穂波は濡れ髪をバスタオルでまとめ、息を吹きかけて膜にしわが寄るのを楽しんでいる。

「……薫、急にどうしたの？」

突然部屋に戻った薫を心配して、直人が玄関から顔を出した。

「ごめんね、牛乳を火にかけたままだったから」

「そのホットミルク、アタシにもすこしちょうだい」

直人は煙草を吸い終えたらしく、靴を脱ぎ家の中に上がった。

パジャマ姿の穂波は直人の登場に驚いたが、彼は気にする風でもなく台所に並んだ。鍋の中の牛乳を確認し、おもむろに流し台の下の扉を開く。

「いつもはちみつ入りのおこちゃまミルクだけど、今日は大人の味にしてもいいかしら？」

彼はブランデーの瓶を取り出した。薫には家で晩酌する習慣はなく、もっぱら直人のボトルキープだ。赤銅色の液体をどぼどぼど注ぎ、鍋からマグカップに移した。

「はいどうぞ。熱いから気をつけるのよ」

それぞれにマグカップを渡され、薫たちは唇をすぼめ息を吹きかける。あたたまった牛乳がブランデーの香りを立ち上らせ、口に含むと鼻を通り抜けた。

「これは、かなり大人の味だね……」

「入れすぎちゃったかしら？」

彼はいつもロックで飲むため、あまり自覚がないらしい。隣でふうふうとミルクを冷ます穂波を見て、バスタオルの上から頭を撫でた。

「それ飲んだら布団に入りなさい」

「直人さんは、これから家に帰るの？」

「今日は疲れたから、治療院に泊まるわ」

　ふたりは毎週の施術でずいぶんと仲良くなったらしい。鍼灸師とヨガ講師、人の身体に関わる仕事はなにかと共通点が多いのだろう。座布団の上に座り、ホットミルクをぐいぐいと飲み進める彼女を見て直人が目を丸くした。

「穂波、案外いけるくちなのね」

　彼はホットミルクを飲み終え、空のマグカップにブランデーを注ぐ。すると穂波が隣で自分の分を催促した。

「ちょっと、大丈夫？　施術後のお酒は回るわよ？」

「いいんです、今日はぐっすり眠りたいから」

　その顔はすでに赤らみ始めていた。直人は少しだけ注ぎ、穂波はそれを勢いよくあおる。度数の高いアルコールにむせ、目に涙を浮かべて咳き込む背中を彼がさすった。

　薫は冷蔵庫から麦茶を出し、チェイサー代わりにグラスに注いだ。直人がいつもブランデーと一緒に水を飲んでいるのを知っていた。ブランデーは香りを楽しむお酒だが、穂波はまるで親の仇のように飲み干そうとしている。

「あんまり飲んだら明日に差し支えるわよ。なあに、何かあったの？」

　直人はブランデーを取り上げ、無理矢理に麦茶を飲ませる。穂波はテーブルに頬杖をつき、すわりはじめた目で台所を見た。

「新しい冷蔵庫、調子よさそうだね」

「うん。麦茶もよく冷えるようになったよ」

「この間ね、後輩から結婚式の招待状をもらったの」

　以前、冷蔵庫を取りに行ったときに会った後輩と、それを手伝ってくれた婚約者だ。一度顔を合わせたきりだが、後輩のトイプードルを思わせる雰囲気が記憶に残っている。

「あの子の婚約者はね、私の元彼なの」

「……そうだったの？」

　穂波に別れた恋人がいることは知っていたが、突然の暴露に薫はその顔を見つめた。

「私と別れてから、いつの間にか後輩のレッスンに通っていたらしいの。観桜会の時に後輩が突然結婚報告をはじめて、相手が元彼だってはじめて知ったのよ」

　お酒が饒舌にさせるのか、彼女はなおも話し続ける。直人も乙女心にスイッチが入ったのか、ブランデーを舐めながら「それで？」と相槌を打った。

「後輩は気をつかって黙っていたって言うけど、ほかの講師たちはとっくに知っていたのよ。私ひとりが何も知らなかった。ただもう、へーそうなんだおめでとーって笑いながらお酒を飲むしかなくてさ」

その時の衝撃は想像するに難くない。穂波は当時のことを思い出したらしく、酔いの回った頭をぶんぶんと振る。

この酔っ払いかた、誰かに似ている。しばらく考えて、薫は直人の顔を見た。完全に出来上がっている彼女を、直人が「まあまあ」となだめる。

「元彼が身近な人とくっついたって聞いたら、誰だってもやもやするわよ」

「違うんです。私が気にしているのはそこじゃなくて」

頭に巻いたバスタオルがほどけ。濡れ髪がパジャマの肩に落ちる。いつもの凛とした姿はどこにもなかった。

「彼は私に、バレエを踊ってるときのほうが好きだったって言ったんです。でももしかしたらあれは、ほかに好きな人ができて別れるための、体のいい言い訳だったのかなって」

酔いの回った瞳が赤く充血している。穂波はついにテーブルに突っ伏した。

「私がもう踊れないのは事実だし、それを言われたらどうしようもない。でも、言い訳のためにバレエを引き合いに出したのなら……私がいままで頑張ってきたことは彼にとってその程度のことだったんだなって思って」

「それはその元彼の問題であって、穂波が気にすることじゃないわよ」

直人は彼女の細い背中を優しく撫でた。

「アタシは穂波がバレエを踊っていた時のことを知らないけど、施術をしている時に、努力でつくられた身体だなって思ったわ。昔のように動けない自分が悔しいだろうけど、いままで頑張ってきたことは、きっとこれからも穂波の支えになるはずよ」

穂波はテーブルに伏せたまま動かない。決して見せようとしない表情を暴こうとせず、直人は子守唄をうたうように語りかける。

「踊れなくても、穂波は穂波よ。アタシも薫も、昔のあなたじゃなくて、いま、こうして頑張っている穂波が好きだから一緒にいるのよ」

彼女のふるえる背中が落ち着き、やがて寝息に変わるまで、直人はずっとそばに寄り添っていた。

○

日曜の朝。薫はめずらしく夢を見なかった。

穂波はまだ眠っている。起こさないよう静かにベッドを降り、薫は寝室の扉を開いた。

「おはよう、姉ちゃん」

日曜日は歩のスクーリングの日だ。彼は身支度を整え、家を出るところだったらしい。

「昨日飲んだんでしょ。昼まで寝てると思ったのに、ずいぶん早く起きたね」

「喉がかわいて、目が覚めちゃった」

台所で水を汲むと、ガスコンロの上にお味噌汁の鍋があった。炊飯器のごはんはまだあたたかい。歩が朝から作っていたようだ。

「歩、昨日何時に帰ってきたの？」

穂波を寝かしつけたあと、薫もベッドにもぐった。深く眠ってしまったため、人の出入りがわからない。

「店の片付けが長引いちゃって、一時近かったかな。帰ってきたら直ちゃんと穂波さんが階段に座ってたんだよ」

「穂波が？」

「直ちゃんの煙草につきあってたみたい」

直人は煙草を吸う際、必ず外に移動する。酔い覚ましにコーポの階段にいてもおかしくはないが、一度寝ついたはずの穂波が起きていたとは知らなかった。

「ぼくが帰ってきて、直ちゃんは治療院に戻ったんだよ。テーブルの上はコップも麦茶もそのままで、ぼくが寝る前に全部片付けたんだ」

「空き缶を灰皿にするのって危ないんだよ？　吸殻がたまったところに火の消えてない吸殻を入れて火事になるとか、よくあるんだから」

「それはごめんね」

台所には洗った空き缶が干してあった。ぶつくさと呟く背中に薫は謝るしかない。

登校する彼を玄関まで見送ると、目を覚ました穂波が居間に這い出てきた。

「おはよう、穂波。朝ごはん食べれる？」

「いらない。だめだ、頭痛い……」

穂波は座布団に突っ伏す。朝日を浴びてうめく姿はまるでゾンビのようだ。

水を差し出すと、彼女は喉を鳴らして飲み干した。吐息に若干の酒臭さが残っている。

「完全に二日酔いだわ」

「シャワー浴びていくといいよ。頭がすっきりするから」

眠気が抜けきらない穂波を、薫は風呂場へと追い立てる。彼女はおぼつかない足取りで歩いていったが、しばらく待つと風呂場の扉を開ける音が聞こえた。

薫は手早く身支度を整え、洗濯機のスイッチを押す。日曜日だけは家事の担当が変わる。

掃除機をかけていると、ふいに玄関のベルが鳴った。

出ると、直人が立っていた。仕事中のはずだが、今日は白衣を着ていない。

「薫、掃除中？」

「ごめんなさい、掃除機の音うるさかった？」

一〇一号室は二階の音が響く。彼も二日酔いになっているらしく、しきりに頭を手で押さえている。掃除機の音が刺激するのかもしれない。

「音はいいのよ、飲みすぎたアタシが悪いんだから。実は薫にお願いしたいことがあって」

直人は大きなランドリーバッグを抱えていた。それを玄関に置き、手を合わせて薫を拝む。

「これ、洗濯してくれないかしら。最近忙しくて、替えの白衣もなくなっちゃったの」

ランドリーバッグの中には白衣と大量のタオルが入っていた。眠りの森クリニックはクリーニングを業者に任せているが、空田治療院はすべて自分で洗濯しているのだ。

「今日はその格好で仕事するの？」

彼は柄ぶりの派手なシャツを着ていた。酒臭さが朝帰りのホスト感を醸し出している。

「コインランドリーだと乾燥機で縮んじゃうし、薫にしか頼めないのよ」

「この量だと、干すところが足りないかも……」

薫はそう呟くが、直人の耳に届いていない。彼はしきりに中の様子をうかがっていた。

「直ちゃん？」

呼びかけると、彼ははっと我に返って薫を見た。

「ごめんね、白衣がなんだったかしら？」

「穂波ならシャワーを浴びてるよ。直ちゃんと一緒で、二日酔いになってるみたいだけど」

「そう、もう起きてるのね」

その言い方になにか含みがある。昨夜の穂波はひどく荒れていたため、心配するのも当然だろう。家の中に招くべきか逡巡していると、タイミングよく居間から穂波の声がした。

「ごめん、薫。チーク忘れちゃって、貸してくれない？」

穂波が濡れ髪のまま居間の中をうろついている。やがて玄関にいる薫に気づき、薄着の姿で顔を出した。

「直人さん、来てたんですね。二日酔いになってませんか？」

彼女はシャワーを浴びてすっきりしたらしい。元気よく話しかけられ、直人は「ええ、まあ」と言葉を濁した。

「それじゃあ、薫、洗濯物よろしくね。夜には取りに来るから」

そう言い残し、直人は階段をおりていく。穂波の様子を気にしていた割に、ずいぶんとそっけない。薫は首をかしげながらも居間に戻った。

ランドリーバッグから中身を出し、白衣とタオルを仕分ける。穂波は顔のむくみを気にしているらしく、たっぷりのクリームでマッサージしていた。

「あのさ、薫。来週の日曜日って、忙しい？」

おもむろに切り出され、薫は仕分けの手を止めた。

「来週はとくに予定ないけど、なにかあった？」

「実はね、来週から夕方に新しい講座を開くことになったの。他のみんなも初めてだし、レッスンに来ないかなって」

「……ちなみに、料金は？」

「体験は特別価格のワンコイン」

「行く」

即答する薫に、穂波が笑った。

「決まり。せっかくだし、そのあと私の家に泊まりに来ない？　いつも泊めてもらってばかりだから、たまには遊びに来てよ」

「いいね。穂波の部屋に行くの初めてだし、楽しみ」

出勤前の穂波は、いつもの明るさを取り戻している。薫はそれに安堵しつつ、直人に頼まれた洗濯物をどうしたものかと頭を悩ませた。

日曜日の藻岩山は観光客が多く、心臓破りの坂もひっきりなしに車が行き来している。薫はそれを横目に赤レンガの正門をくぐり、眠りの森クリニックに向かった。

休日は訪れる患者もなくしんと静まり返っている。薫は裏口にまわり呼び鈴を押した。しばし待つが、返事はない。もう一度呼び鈴を鳴らす。

しかし、誰も出ない。

留守だろうか。もう一度鳴らそうと指先を近づけると、ようやく扉が開いた。

「薫ちゃん、どうしたの？」

寝ぐせでぼさぼさの頭の合歓木が、あくびをしながら顔を出した。

「今日は日曜だよ？　月曜日と間違えてない？」

彼はジーンズとTシャツ姿だった。いつものYシャツとスラックスではない。私服になると若く見えるのだな、と、薫は感想を心の中にとどめる。

「ちょっとお願いがあって。庭の物干しざお、借りてもいいですか？」

直人に洗濯を頼まれたはいいが、アパートは干す場所が足りない。眠りの森クリニックは民家だったころの名残で物干しざおがあるのだった。

「お昼ごはんも持ってきたので、よかったら……」

炊飯器に残っていたご飯はすべておにぎりになった。お味噌汁もあたため直して持ってきた。それを受け取ると、合歓木は「いいよ」と快諾した。

ハンガーや洗濯バサミは家から持ってきた。時間がたつと洗濯物がしわになってしまうため、薫は大急ぎで物干しざおにかけていく。合歓木は寝ぐせ頭のままサンダルを引っ掛け、ベンチでお弁当を広げた。

「薫ちゃん、手際いいね」

「今日の天気ならすぐ乾くと思うので、夕方には帰りますね」

脱水でしわが寄ったタオルを膝に打ち付けると、小気味よい音が庭に響く。それに誘われるように、森の茂みから野良猫一家が顔を出した。

今日は日向ぼっこに最適の日だろう、子猫たちが陽だまりでじゃれあっている。合歓木の膝の上によじ登ろうとするクツシタ、寝ぐせ頭にちょっかいをかけるマエカケ。母猫のサビはいつもの特等席で身体をまるめ、うとうととまどろみ始める。

クリニックの庭を爽やかな風が吹く。干し終えた白衣が揺れ、薫がそれを整えると、合歓木がベンチから声をかけた。

「終わったなら、薫ちゃんも一緒に食べようよ。多めに作ってきてくれたんでしょ？」

彼はアルミホイルに包んだおにぎりをかじっている。薫も朝から洗濯で忙しく、何も食べていなかった。風に乗ってお味噌汁の香りが届き、腹の虫がぐうと鳴った。

薫がベンチに近づくと、サビが片方のまぶたを開けてこちらを見た。そして身体を起こし、合歓木の膝の上に移動する。薫のために場所をあけてくれたのだ。

「ありがとう、サビ」

声をかけると、彼女はまるめた身体に顔を隠してしまう。子どもたちは薫の足にちょっかいをかけてきたが、反応が薄いと見るやすぐにどこかへ駆け出していった。

味噌汁を紙コップにそそぎ、アルミホイルをめくる。海苔が水分を吸ってしんなりとしていた。合歓木はまるでコーヒーを飲むように味噌汁の風味を味わっている。

「このお味噌汁おいしいよ。薫ちゃん料理上手だね」

「残念ながら、それを作ったのは歩です」

正直に話すと、合歓木が取り繕うようにおにぎりをかじる。

「僕さ、おにぎりはぱりぱりの海苔よりもしっとりしてるほうが好きなんだ。このおにぎりは薫ちゃんが作ったんでしょ？」

「味、いつもと違いますか？」

海苔も梅干しも歩と同じものを使ったはずだ。

「大きさが違うんだ。薫ちゃん、手が小さいんだね」

おもむろに、合歓木が薫と手を合わせた。

「女の子らしい手だね。ひとまわりくらい違うんじゃない？」

彼の大きな手のひらに、薫の手がすっぽりと収まっている。相変わらずあたたかい手をした合歓木は、猫のように大きな口を開けてあくびをした。

「先生、昨日何時に寝たんですか？」

「三時ころかな。海外の論文が面白くて、つい読みふけっちゃって」

合歓木の寝坊助は、なにもだらしなさが原因ではない。

曲がりなりにも彼は医者だ。日進月歩の医療をとりこぼすことがないよう、時間があれば様々な文献を読み、学会に出張することもある。おやすみ三秒の特技は、限られた時間で効率よく休めるよう自然と身についたものだった。

「今日は一日中寝たおすつもりだったんだけど、薫ちゃんが来てくれてよかったよ。森林浴にちょうどいい天気だね」

緑に囲まれたベンチに座っていると、森の中にいるような錯覚をおぼえる。背もたれに身体を預けまぶたを閉じると、木漏れ日が身体にやわらかな布団をかけた。

「……昨日ぐっすり眠ったはずなのに、また眠くなってきちゃった」

こらえきれず、薫はあくびをもらした。

「昨日穂波がうちに泊まって、一緒にお酒を飲んだんです。わたしったら寝酒が効いたのかすぐに眠っちゃって。穂波のほうが酔っていたのに、むこうは途中で目が覚めたみたいです」

「薫ちゃん、本当によく眠れた？」

合歓木に問われ、薫は視線を宙に投げ、考える。

「朝まで眠っていたのはたしかだけど、なんとなく身体が重い感じはしますね」

「適度な飲酒は寝つきをよくするっていうけど、寝酒がほんとうに安眠をもたらすのかというと、実はそうでもないんだよ」

「そうなんですか？」

「お酒が入ると眠くはなるけど、身体は睡眠中もアルコールを代謝するから眠りの質が落ちてしまうんだ。穂波ちゃんが目を覚ましたのもそのせいだと思うよ」

身体に負担がかかっては、いくら寝つきがよくとも眠った気にはなれないだろう。昨夜の穂波は酔いも深く、お酒の影響を朝まで引きずっていた。

「穂波ちゃんはお酒をよく飲むのかな。問診票の嗜好品には、機会飲酒——飲む機会があれば飲む、にマルをつけていたと思うけど」

「先生、問診票の内容覚えてるんですか？」

「自分の患者さんのことだもん、当然だよ」

さも当然といった様子で、彼は言った。

「たしか、火事があった日は職場の観桜会だったんだよね。きっとそこでもお酒を飲んでいたんだろうけど、その日はちゃんと眠れていたのかな……」

合歓木は唇に手を当て、ぶつぶつと独り言《ご》ちている。風が吹き、伸ばしっぱなしの髪が顔を覆った。

「薫ちゃん。今度穂波ちゃんが泊まりに来るのはいつ？」

「来週は、わたしが向こうのマンションに行く予定です」

「それなら一度、穂波ちゃんの眠っている様子を確かめてもらってもいいかな？」

○

「休みの日なのに、よけいな仕事をさせちゃってごめんね」

仕事終わりに二〇一号室を訪れた直人は、しょんぼりとした様子で薫に頭を下げた。

「やっぱり、白衣を着て仕事しないとだめなのね。今日の新患さん、アタシを見て明らかにおびえてたわ」

朝から晩まで休みなく働いていたらしく、顔には疲れが浮かんでいる。

今日の彼はすすきのでキャッチをしていてもおかしくないいでたちであり、本人もそれを自覚しているらしく、「髭、剃ろうかしら」と顎を撫でた。

「診察が終わったなら、晩ごはん食べていきますか？」

「仕事の合間につまんだから、お腹はそんなにすいてないのよ」

そう言いながらも、直人は靴を脱いで家の中に入る。薫が麦茶を差し出すと、彼は座布団に座りひと息に飲み干した。

「薫に聞いてほしい話があるんだけど」

「なんですか？」

「今日ね、ナナのシルバーホームの職員から電話が来たの」

それはおそらく、薫が先日話しかけられた職員と同じ人物だろう。直人への伝言を頼まれたにもかかわらず、伝えるのをすっかり忘れてしまっていた。

「ナナがね、ほかの入居者さんに自分で作ったおかずやお菓子をあげちゃうんだって。血圧や糖尿病の薬を飲んでいる人もいるから、やめてくれるよう頼んでほしいって言われて」

「それは難しい話だね」

「ナナはあくまでも親切のつもりでやっているからね」

直人や薫は彼女からの贈り物を喜んで受け取っていた側だ。七緒もコーポ空田にいたころと同じつもりでしているに違いない。

「お菓子やおかずならまだいいんだけど、ナナは病院でもらった痛み止めや湿布まであげちゃってるみたいで。自分は使わなくても平気だからどうぞって」

「それはだめだよ。薬は飲み合わせの問題もあるし、万一副作用が起きたら……」

しかし、処方された薬を気軽に譲渡してしまう人は多い。七緒は脚の痛みで鎮痛薬を処方されており、高齢者になるとそれらの薬を常用している人は多い。彼女の性格を考えると、ほかの入居者が次の診察までに薬が足りなくなってしまい、困っているのを見かねて自分の薬をあげてしまった――という感じだろうか。

「薬といえば、直ちゃんの白衣にも薬の殻が入ってたよ。気づかなくて洗濯しちゃった」

急いで洗濯したあまり、薫は白衣のポケットを確認し忘れていた。ティッシュのような厄介なものは入っていなかったが、小銭やらボールペンのキャップやらいろいろ入っていた。薫は念のため保管しておいたそれらを直人に見せる。

「アタシもね、ナナからたまに痛み止めをもらってたの。だから注意しづらくて……」

薬の殻は洗濯した拍子に包装がはがれてしまっていた。直人はそれを指でつまみ、もの憂げにため息をついた。

「薫に、もうひとつ聞いてほしい話があるの」

先ほどと明らかに様子が違う。彼は薬の殻を指先でいじり、話を継ぐのに少しの時間をかけた。

「薫、穂波から昨夜のこと聞いた？」

「穂波から？」

首をかしげる薫に、直人が「何も聞いてないのね」と呟く。

「直ちゃんと穂波が階段にいたとは、歩から聞いてるよ。穂波、あのあと目を覚ましたんだね」

「そうなの。アタシの煙草につきあってくれて、少しお話ししてたんだけど……」

直人はいじりたおした薬の殻を手の平に握りこめた。

「穂波に、キスされたの」

まるで少女のように、直人は頰を染めた。

「アタシったらびっくりして何も言えなかったの。そのあとすぐに歩が帰ってきて、お互い部屋に戻ったのよ」

彼は羞恥心で身悶《みもだ》えるが、口調は乙女であれ図体《ずうたい》は大きい。

「今朝、何か言わなきゃって思ったのに、アタシったら言葉が出なくて……。穂波、普通にしてたけど、あれってわざとそうしてたのよね」

彼の言うとおり、今朝の穂波は挙動不審な直人と比べ、あまりにも普通な態度だった。

「今度、わたしからそれとなく聞いてみようか？　穂波も酔ってただけかもしれないし」

「いい年した大人が、頼っちゃってごめんね」

薫に話して落ち着いたのか、直人がしきりにいじっていた薬の殻を見つめ、「あら？」と呟いた。

「ねぇ、薫。この薬、アタシのじゃないわ。痛み止めは薬を入れるところがもっと大きいもの」

「でも、白衣のポケットに入ってたよ？」

包装がはげてわからない。秋峯に聞けばわかるかもしれないが、薫にわかるのはせいぜい薬の名前だけだ。

直人は首をかしげながら、薬の殻をゴミ箱に放った。

○

約束の日曜日、薫は穂波の職場であるヨガスタジオを訪れていた。

スタジオはレッスンルームが二つあり、各々プログラムが組まれている。早朝ヨガから骨盤ヨガ、マタニティヨガ、就寝前のリラックスヨガなどたくさんの種類があるらしく、薫が呼ばれたのは夕方のレッスンだった。

おそるおそるスタジオの扉をくぐると、すでに生徒の姿があった。鏡張りの壁に向かって座るらしい。薫が周囲の様子を探っていると、常連客らしい中年の女性に声をかけられる。

「あなた、はじめて？」

「はい」

「今日のレッスン、ヨガマットを使わないんですって。靴下を脱ぐのよ」

彼女に言われるまま、薫は靴下を脱いで素足になる。床は板張りではなくクッション性にとんだ素材が使われ、薫はそのまま彼女の隣に座った。

穂波は部屋の隅にある音響を調節していた。長い髪をアップにまとめ、むきだしになったうなじがまぶしい。彼女は薫が来たことに気づいて目くばせをした。

「そのヨガウェア、穂波先生が持ってるのに似てるわね」

常連の指摘は鋭い。運動着を持っていない薫のために穂波が貸してくれたのだ。伸縮性に富んだワンピースとレギンスから、彼女が使っている柔軟剤の香りがする。

「どこかのスタジオでヨガをやってるの？」

「いえ、まったくの初心者です」

「そうなのね。私、ヨガが大好きで、いろんなレッスンに出ているの。ヨガをはじめてからけっこう痩せたのよ」

彼女はそう言うが、年齢相応のふっくらとした体型をしていた。どうやらお話し好きな性格らしい。スタジオにも徐々に人が入りはじめ、話し声で空気があたたまりはじめる。

「ここの講師たちはみんなレベルが高くてね。今日の時間は別の先生がレッスンをしていたんだけど、産休に入られたのよ。ふわふわしたトイプードルみたいな先生だったわ」

子犬のような女性といえば、冷蔵庫を譲ってくれた穂波の後輩だろう。

「春先に婚約したって聞いたんだけど、授かり婚だったのね。産休に入る前にはお腹も少しふっくらしていて、出産前に結婚式をするんですって。最近はマタニティのウェディングドレスなんてあるものなのね」

女性は一方的に話し続ける。講師とはプライベートなことまで生徒の間で噂されるものらしい。薫は適当に相槌を打ちながら穂波の背中を見つめた。

冷蔵庫を受け取ったあの日。なぜ後輩は何も手伝わず、顔を合わせづらいであろう元彼がいたのか、納得がいった。身重の体なら、誰だって重いものを運ぶのは避けるだろう。

結婚報告があったという観桜会の日、穂波はすべてを聞いたのだろう。かつての恋人が後輩と付き合っていたこと、そして結婚すること、お腹に新しい命が宿っていること。心を揺るがす報告のあとに発生した真夜中の火事。それらを抱えては、夜も満足に眠れなくて当然だろう。

この時間のレッスンもまた、もとは後輩の仕事だった。生徒たちはそのレッスンに慣れた人ばかりだ。アウェイな空気の中で仕事をする緊張は計り知れない。

その細いうなじに、彼女はたくさんのものを背負っている。どんな気持ちでここにいるのか、薫は祈るような思いでその後ろ姿を見つめた。

「それじゃあ、時間になりましたのでレッスンはじめましょうか」

時計の針が定刻を指し、穂波がぱっとこちらを向いた。

「本日からこちらの時間を担当させていただくことになりました、遊佐穂波です」

スタジオの人数はまばらだった。穂波が一礼するとポニーテールの髪が背中をなめらかに滑り、顔をあげた彼女は生徒たちの顔をひとりひとり見つめた。

「プログラムにはヨガとありましたが、今日は違うレッスンをしようと思います」

穂波の発言に、スタジオ内で静かなざわめきが起きた。

「レッスンはバレトンです。バレトンの『バレ』はバレエ。『トン』は身体の筋肉を整えるという意味の造語です。ニューヨークのバレエダンサーが作ったプログラムで、バレエとフィットネス、そしてヨガを組み合わせたレッスンです。日本ではあまり知られていないプログラムですが、どうぞよろしくお願いします」

軽く説明をした後、穂波はその場に座った。生徒たちは戸惑いながらも同じように腰を下ろす。薫はそれに続いて、あたふたと腰を下ろした。

「まずは足のマッサージから」

穂波の声がスタジオ内に響く。誰の耳にも届きやすいよう、はきはきとした声で話していた。マッサージはヨガでも行われているのか、生徒たちは慣れたように足指を刺激し、甲やくるぶし、アキレス腱、ふくらはぎと揉みほぐしていった。

足のマッサージと柔軟を終えると、立ち上がり、足の裏の各所に体重を乗せる練習をする。つま先、踵、右、左。BGMはマリンバを叩くような軽やかなメロディーが流れ、そのリズムに合わせて行われた。

ウォーミングアップが終わると、本格的なレッスンが始まる。

「フィットネスとヨガのシークエンスを交互に行います。体幹を使う動きなので、はじめはふらつくこともありますが、無理せず楽しんでくださいね」

穂波は対面でレッスンを行った。はじめはゆっくりと基本の動きを教える。体幹を鍛えるために深く踏み込む姿勢や片足で立つポーズが多い。遅めのカウントで基礎を覚えると、軽やかなBGMにあわせ動きを早める。

「足と一緒に、手の動きをつけます」

下半身はフィットネスの様相だが、穂波がとったポーズはバレエのしなやかな動きだった。

エアロビクスのような激しさはない。けれど、体幹を使う動きにじっとりと汗が浮かぶ。常連たちは軽々こなすと思いきや、片足立ちの姿勢ではぐらつく姿があちこちに見られた。

筋トレにも似た動きの合間、ヨガのポーズが入る。足を大きく開き、片足に体重を乗せて両手を広げる賢者のポーズ、そこから身体を折り、天井を見上げる三角のポーズ。穂波は苦しい様子も見せずポーズの解説をこなす。薫は序盤からすでに出遅れ気味だった。

「――では、踵をつけて立ってください。つま先を八の字に、バレエのシークエンスです」

膝を屈伸させ、片足で立つ一連の流れを説明する穂波の姿は、ヨガの動きとはまったくの別物だった。両腕を丸くあげるしぐさ、腕を広げる指先の滑らかさ、片足で立つ足先のきめ細かさ。生徒を見つめる瞳に、かすかな愁いを帯びている。

かつてバレエを踊っていた穂波の姿を、薫はレッスンの中で垣間見たような気がした。

四五分のレッスンはあっという間に終わり、最後に深呼吸を一つ。深々と頭を下げ、穂波が顔をあげた。

「ありがとうございました」

初めの挨拶よりも、大きな返事があった。半信半疑で参加していた生徒たちも、みな、晴れやかな表情でレッスンを終えていた。

「また来週もよろしくお願いします」

それで解散となり、生徒たちはめいめい水分補給をはじめる。薫が靴下を履いていると、隣にいた女性が興奮気味に話しかけた。

「今のレッスン、すごかったわね」

彼女の額には大粒の汗が浮いていた。始終穏やかな動きだったが、体はしっかりとトレーニングを積んでいたらしい。薫もシャツの中が汗でぐっしょりと濡れていた。

「穂波先生、本物のバレリーナみたい。ファンになっちゃいそう」

その声がスタジオのあちこちから聞こえる。はじめてのバレトンは生徒の間でも好評だったらしい。連れ立って出ていく生徒たちが、口々に感想を言い合っている。

「動きが綺麗でわかりやすかったね」

「先生のヨガはどんな感じなんだろう、今度出てみようかな」

穂波はスタジオの出口で生徒一人一人を見送っている。常連の女性が、興奮冷めやらぬ様子で彼女の手を取った。

「先生、とても綺麗でした。バレトンってはじめてだったけど、来週も参加しますから」

「ありがとうございます」

穂波の額にもかすかな汗が見える。化粧で隠しきれない頬の赤みはレッスンの疲れか、それとも緊張がほどけたためか。常連たちを見送り、その後ろにいた薫に気づくと、誰よりも華やかな笑顔を見せた。

「来てくれてありがとう。今日のレッスン、ずっと緊張してたの」

「ヨガをやると思ってたから、違うのが始まってびっくりしちゃった」

素直な感想が口を出る。薫の言葉に、穂波は苦笑まじりに目を細める。

「今日、絶対にこれをやるって決めてたの。あとでスタジオの支配人に怒られるかもしれないけど、手ごたえはあったわ。絶対レギュラーのレッスンにしてみせるから」

彼女もまた、はじめてのレッスンに昂ぶっている。来週も頑張らなきゃと、鼻息荒く言う姿がどこかかわいらしい。

「今日はお祝いよ!」

そう意気込む彼女は、いままで見た中で一番生き生きとした表情を浮かべていた。

7

そして月曜日

穂波の住むマンションは単身用のワンルームだった。

生粋の昭和物件であるコーポ空田と違い、築年数も浅く、エレベーターがついている。お風呂は自動給湯、トイレにはウォシュレット、台所には浄水器と至れり尽くせりの設備で、キッチンが独立しているため窮屈さは感じない。ソファーはなく、ベッドを背もたれにカーペットの上に座った。

「狭い部屋でごめんね」

「ううん、お洒落な部屋で羨ましい」

薫は無意識のうちに正座をしていた。どうにも落ち着かず、クッションを抱きしめて気を紛らわせる。お風呂で一日の汚れを洗い落とし、借りたパジャマがまたかわいらしかった。

「明日はうちからまっすぐ仕事に行くの？」

「うん、市電で一本だから大丈夫」

中島公園は地下鉄と市電と両方のアクセスが良い。スタジオからマンションまでの通り道にコンビニがあり、そこでワインと軽いおつまみを買った。穂波の家にはワイングラスがなく、ガラスのコップにスパークリングワインを注ぐ。

「初回の教室、おつかれさま」

「ありがとう。無事終わってほっとしたわ」

乾杯し、穂波はワインを飲むとほうっと吐息を漏らす。女子力あふれる部屋と同じく、もこもこ素材のルームウェア姿が人形のようだ。

「薫、初レッスンどうだった？」

「すでに筋肉痛かも。しかも今日は慣れない靴を履いてきちゃったから、ふくらはぎがぱんぱんに張っちゃって」

「薫のヒール姿、珍しいと思ったのよ。どういう心境の変化？」

マンションの玄関は狭く、三和土《たたき》に穂波の一〇センチヒールとサンダルが並んでいる。その隣に、薫の靴がちょこんとたたずんでいた。

「ボーナスが入ったから奮発したの。穂波を見てたら、わたしも新しい靴が欲しくなって」

貴重なボーナスを握りしめ、薫は靴屋に向かった。格安の量販店だったが、穂波がいつも履いていた靴によく似た華奢なヒールのパンプスを買った。試着をした時は平気だと思っていたが、慣れない靴は歩くだけで脚に負担がかかってしまう。

「慣れればヒールでも走れるようになるわよ。バレトンは筋トレの効果があるから、脚も細くなるしお尻の位置も上がるから」

穂波の脚線美は日々の努力でつくりあげられたのだろう、本棚にはヨガの本やＤＶＤが所狭しと並べられていた。

「ほら、薫ももっと飲んで」

飲みかけのグラスにそそがれ、薫は溢れそうになるのを唇でおさえた。穂波はすでにお酒が回っているらしい。しかし、先日のブランデーほど激しい酔い方はしていなかった。

「レッスンが終わるまでずっと緊張してたの。今日はうまく眠れないかも」

「そんな穂波のために、いいものを持ってきたんだ」

薫は言いながら、お泊り道具から小さな箱を取り出した。

中には陶器でできたアロマポットが入っていた。上部の皿にミネラルウォーターを注ぎ、下の空洞に火をつけたろうそくを入れると、穂波が興味深げに見つめた。

「さすが、本格的な道具を持ってるのね」

「寝る前に火を使うと危ないから、普段はあまり使ってないんだ。布団に入る前に消すのを忘れないようにしないと」

「じゃあ、わかりやすいように電気消しちゃおうよ」

穂波が立ち上がり、照明のスイッチを切った。

部屋の中が暗くなり、薫はろうそくのかすかな明かりの中、アロマオイルをたらす。やがて中の水があたたまると、ラベンダーの香りがあたりにやさしく立ち上った。

「もうすぐ夏至だし、キャンドルナイトみたいでいいね」

「大丈夫？　火、怖くない？」

「平気。見てたら落ち着く」

　火のゆらぎには癒しの効果があるとされる。穂波は長い脚を折りたたみ、膝を抱えながらアロマポットの明かりを見つめた。

「バレトンのレッスン、スタジオの支配人にずっと反対されてたの。色物のヨガに生徒は集まらない、って開講の許可を出してくれなくてさ」

「でも、今日のレッスン、みんな楽しそうだったよ」

「薫が来てくれてよかった。誰もいなかったらどうしようって、ずっと不安だったから」

　彼女が繰り返す静かな呼吸は、レッスンの最中に行っていたものに似ている。肺の中の空気を取り替えるように、彼女は深い呼吸を何度も繰り返した。

「バレエを踊れなくなったことに、どうしても未練があったの」

　彼女の本棚にある本やＤＶＤはヨガだけではなく、バレエの写真集もひっそりと背を並べている。その中に何冊かの絵本が混じっていることに気づき、薫は手にとった。

　白鳥の湖、くるみ割り人形、眠れる森の美女。どれもバレエの作品になっている物語だ。年季が入っているようで、背表紙がうっすらと黄ばんでいる。

「私ね、留学中のオーディションで、眠れる森の美女のオーロラ姫を踊る予定だったの」

絵本の中で一番ぼろぼろになっているのが、眠り姫の物語だった。

とある王国でお姫様が誕生し、国王は国中の魔法使いを呼んで誕生祝いを開いた。しかし招待されなかったことを恨んだ魔法使いにより、お姫様は「一六歳の誕生日に糸車の錘《つむ》に指を刺して死ぬ」と呪いをかけられてしまう。

呪いは他の魔法使いにより一〇〇年の眠りにつくと訂正され、国王は国中の糸車を燃やすなどしたが、お姫様は一六歳の誕生日に深い眠りに落ちてしまった。一〇〇年後、運命の相手である王子様があらわれ、呪いを解かれたお姫様は彼と永遠に結ばれる。アニメーション映画にもなった有名な童話だった。

「バレエを始めたきっかけが、眠りの森の美女だったの。ずっとやりたいと思っていた役だから頑張って練習したんだけど、結局、腰をだめにして踊れなくなっちゃった。痛みで夜も眠れなくて、あのころは辛かったな」

彼女は絶えずろうそくの揺らめきを見つめている。そのまなざしのむこうに、過去の自分を探しているようだった。

「リハビリがきっかけでヨガの道に進んだけど、バレエを踊れない自分が悔しくてね。でも、直人さんに私は私だって言ってもらえて、それで楽になった。ずっとやりたいと思っていたバレトンのレッスン、ゲリラで開催してやるって決めたの」

「レッスンの穂波、綺麗だったよ」

「もう踊れないと思っていたけど、諦めなければ好きなことって続けられるんだね」

抱えた膝を抱きしめ、彼女は顔をあげた。

「自分の好きなこと、大事にする。いままでと違うかたちになっても、私は私らしくやるよ」

やがてろうそくが燃えつき、部屋の中が暗くなった。

「そろそろ寝よっか」

時計の針は一一時を過ぎていた。穂波の部屋に来客用の布団はなく、ベッドで一緒に眠る。

枕がわりのクッションを置く時、枕元の小さな包みに気がついた。

「これ、前にホームでナナからもらったサシェだよね？」

「そうなの。いい香りがして気に入ってるんだ」

揮発しやすいアロマオイルと違って、サシェの中に入っているラベンダーの花粒は香りが長く続く。アロマを焚く習慣がなくとも、気軽に香りを楽しめるのがポプリの利点だった。

「……ねえ、薫」

枕に頭をあずけた穂波が、ふいに口を開いた。

「直人さんって、きっと、女の人には興味がないんだよね？」

「直ちゃん？」

穂波は天井をぼんやりと見つめている。部屋が暗くてその表情がわからない。

「私、直人さんのことを好きになっちゃった」

修学旅行の夜、再び。彼女はふるえる声をたくしあげた布団の中に隠した。

「救いのない恋だよね。でも、一度好きだと思ったら、もう止まらなくて」

「それで、この間わたしの家に泊まったとき、直ちゃんと一緒にいたの？」

「……何のこと？」

彼女はまぶたを瞬かせ、薫を見た。

「わたしが寝てから、ふたりで、その……」

階段の上でキスをしたと、薫は言えなかった。

「あの日は、お酒を飲んでそのままぐっすりだったよ？」

穂波は本当に覚えていないらしい。無垢なまなざしを宙に投げ、夜の記憶をたどっている。

「もしかして、お酒を飲むと記憶をなくすタイプ？」

「そんなことないよ。たしかにこの間は酔っ払ったけど、量はそんなに飲んでなかったし。

もしかして私、何か変なことした？」

「……ううん、何もなかったなら、それでいいの」

薫は適当にはぐらかし、乱れた布団を肩にかけなおした。

好きな人と交わしたキスを、簡単に忘れてしまうものだろうか？

直人が嘘をつく理由も見当たらない。疑問が頭の中を駆け巡る。そんな薫に気づかず、穂波はまぶたを閉じて話を続けた。

「望みは薄いけど、この気持ち、大事にする。人を好きになれたのは久しぶりだから」

自分に言い聞かせるように、彼女は言う。けれどその胸には迷いや不安を抱えているようだった。薫は穂波になにか声をかけたいと思うが、長く恋愛から遠ざかっている自分には言葉が出てこない。

考えたいことがたくさんある。けれど布団にもぐると一日の疲れが押し寄せ、薫は眠りの世界に引きずり込まれていった。


布団を抜け出す気配に、薫は眠りの世界から意識を引き上げられた。

「……穂波？」

彼女はベッドを抜け出し、水を飲んでいた。

「眠れない？」

「ちょっとね」

飲み干したグラスを持ち、穂波がベッドの縁に腰掛ける。時刻は一二時をまわり、月曜日が始まっていた。

薫も目が覚めはしたが、頭が半分眠りの世界にいる。布団から出ることもできず、枕に頭を預けたまま彼女を見ると、穂波は閉ざしていたカーテンを開いた。

窓の向こうは夜闇に包まれている。それを眺め、彼女はけだるげに息をついた。

「お酒を飲むと、眠りが浅くなっちゃうのよね」

穂波はベッドの縁から手を伸ばして薫の頭を撫でた。

「薫も眠れない？」

「なんとなく、眠りが浅くて」

「子守唄でも歌ってあげようか？」

穂波はまだ酔いが残っているのだろうか。歌いこそしなかったが、薫の胸元を優しく軽く。幼子を寝かしつけるように繰り返し、見つめるまなざしはあたたかなぬくもりがあった。

交わす言葉はない。明かりを消した部屋の中、カーテンからさしこむかすかな光が部屋を仄《ほの》明るく照らしている。

薫はいつも寝かしつける側だった。幼いころの歩や、酔いつぶれた直人や、心を弱らせた穂波に寄り添っていた。薫はいつも皆の寝顔を見守っていた。
自分が眠る姿を見せるのは、久しぶりのことだ。
はたして最後はいつだったか、考える間もなく、薫は再び眠りの世界に沈んでいった。

夢を見た。
色のない夢だった。
白と黒ばかりの夢だった。
薫はまた葬儀の中にいた。
人々がなにを話しかけてくるが、言葉が聞き取れない。
こわい。逃げたい。そう思うが、身体がすくんで動かない。
誰かに助けてほしい。けれど、顔のある人は誰もいない。
名前を呼ばなければ。けれど、誰の名前を呼んでいいかわからない。
必死に周囲を見回していると、ふいに誰かが手を差し伸べた。
薫はその手の主を見つめた。
どうして彼がここにいるのだろう。

葬儀の時はまだ、知り合ってはいないはず。

けれど薫は、迷わずその手を取っていた。


声にならない声をもらして、薫は目を覚ました。

のどがからからに渇いていた。時計を見ると、さほど時間はたっていなかった。かすかにまどろんでいたようだ。

薫は寝起きの頭のまま、ベッドを抜け出しミネラルウォーターの水を注いだ。

静けさに満ちた部屋の中、水音が響く。冷たい水でのどを潤すと、頭の中のもやが少しずつ晴れていく。

テーブルの上に、小さなごみが落ちている。寝ぼけ眼で拾い上げ、薫はそれが薬の殻だと気づいた。

その薬の名前に見覚えがある。クリニックの受付に座り、患者に渡す処方箋に書かれているのと同じもの。

睡眠導入剤だ。

それに気づき、薫はようやく目を覚ました。

「……穂波？」

家の中に人の気配がない。彼女の姿がどこにもない。

「穂波？　どこ？」

薫は部屋の中で呼びかける。薄暗い部屋の中、テーブルに足をぶつけた。はずみでコップが倒れ、床が濡れる。ベッドの上に置かれたボックスティッシュに手を伸ばし、薫は枕元のサシェに目を留めた。

袋が開かれ、中のポプリが散らばっていた。

その中に、テーブルの上にあった薬と同じものが入っている。袋のかたちが変わってしまわないよう、それはひとつひとつ切り離してあった。

「なんで、こんなところに薬が……」

呟き、薫は七緒の言葉を思い出す。彼女はこのサシェを渡した時、穂波に声をかけていた。

『穂波先生のサシェに、ぐっすり眠れるようおまじないをかけてあげたからね』

そのおまじないとは、この薬のことだったのか。

薫は開け放したカーテンから外を見る。人気のない道に、見覚えのある姿を見つけた。

その寝巻姿は穂波のものだ。

「――穂波！」

声は届かない。彼女はふらふらとした足取りで夜道を歩いていた。

薫は玄関に向かった。サンダルがない。自分のパンプスを履き、部屋を飛び出した。

エレベーターに乗るも、遅さがもどかしい。扉が開くや否やエントランスを走る。

穂波の背中が小さくなっている。早く追いつかなければ。そう思うが、慣れない靴でうまく走れない。

「穂波、待って！」

寝起きで声が出ない。追いかける薫に気づかないまま、穂波は歩き続ける。いつもの颯爽とした後ろ姿ではなく、サンダルを履いた足でぺたぺたと歩む。

穂波は細い路地を抜け、国道へと出る。真夜中でも車が走っていた。眠らぬ街の明かりに誘われるように、穂波は歩き続ける。

交差点に差し掛かる。彼女は赤信号にも気づかず横断歩道を渡った。深夜の少ない交通量が幸いした。

薫も続いて、横断歩道を渡る。筋肉痛の脚が辛い。焦る気持ちをヒールの音が語る。

「――あっ」

歩道の段差に踵をとられ、薫はバランスを崩した。受け身もとりきれず、アスファルトの固さがダイレクトに響く。

穂波の姿がどんどん遠ざかっていく。

「穂波……！」

薫の叫び声を、車のクラクションがかき消した。

路肩に一台の車が停まる。ハザードをつけたワゴン車の扉が開き、中から飛び出した人が薫にかけよる。

「姉ちゃん、大丈夫⁉」

車から降りたのは歩だった。

運転席の窓から秋峯が顔を出す。車は彼のワーゲンバスだ。なぜふたりがこんなところにいるのか、事態を飲み込めぬまま、薫は歩に抱え起こされる。

転倒の衝撃でヒールが折れてしまっていた。擦りむいた膝が痛い。けれど薫は、自分の身体のことよりも先に歩き続ける穂波を指さした。

「歩、穂波を追いかけて！」

彼女は交通量の多い交差点に差し掛かっていた。先ほどと違い、真夜中でも走る車の量が多い。横断歩道の青信号が点滅していた。

穂波は歩みを止めない。信号に気づいていないのだ。

手を離した歩が、目にもとまらぬ速さで距離を縮めるが、あと一歩届かない。秋峯は後続車が続き車線に戻れずにいた。

赤信号のまま、穂波が横断歩道を歩く。交差点を走る車が、急ブレーキを踏む。

間に合わない。

「穂波……!」

車と接触する寸前。誰かが、穂波の腕を引いた。

間一髪、車がかわす。誰かと穂波が勢いあまって転ぶ。車は怒ったようにクラクションを鳴らし、そのまま去っていった。

追いついた歩がふたりを抱き起こす。薫は折れたヒールもそのままに遅れてたどり着いた。

「歩! 穂波!」

「大丈夫。転んだだけだよ」

歩が息を切らしながら言った。

穂波は助けてくれた人の腕に顔をうずめていた。薫が声をかけると、ようやく気がついたらしい。その瞳はとろけ、焦点がぼやけているようだった。

「……薫?」

「穂波、どうして外に出たのよ!」

「眠れなくて。コンビニに散歩に行こうと思って……」

弱々しい声で呟き、穂波はまぶたを閉じた。

力尽きた彼女を、誰かが抱きかかえる。歩と同じ年頃の青年だった。

「助けてくれてありがとうございます」

彼の腕から穂波を受け取り、薫は頭を下げる。穂波は眠ってしまっていた。青年は黒縁の眼鏡を指で押し上げ、「いいえ」と返す。

また新しい車がやってくる。ヘッドライトに照らされ、ようやく顔が見えた。

「……大久保君？」

「有間？」

同級生がなぜここにいるのか。驚きのあまり言葉が出ず、二人は呆然と見つめ合った。

薫の腕の中、穂波は完全に脱力している。ヒールの折れた足元では支えきれず、ふらつく薫を支えたのは秋峯だった。移動した車が路肩に停まり、ハザードの明かりがちかちかと点滅している。

「とりあえず、移動しよう。薫ちゃんもそんな格好だと風邪ひくよ」

彼に指摘され、薫は自分がパジャマ姿だったことに気がついた。

秋峯の車に乗り、みなで近所のファミレスに移動した。

穂波は昏々《こんこん》と眠り続けている。マンションの部屋に連れ返すのも不安で、車の後部座席に眠らせた。店内から一番見えやすい場所に車を停め、秋峯が薫に上着を貸してくれた。

店内に入ると店員が訝《いぶか》しげな顔で見たが、何も触れずにボックス席に案内した。二四時間営業のファミレスは深夜の時間帯でもまばらに人が座っている。

ドリンクバーを頼み、めいめい好きな飲み物を選び席に戻る。誰もなにも言わず、不気味な沈黙が流れるばかりだ。

「……どうして、大久保君がここに？」

はじめに口を開いたのは、歩だった。

大久保はブラックのコーヒーを飲んでいた。彼も場違いな空気を感じているのだろう、神経質に眼鏡を押し上げる。先日会ったときはコンタクトレンズだったようだ。

「近くにアパートを借りてるんだ」

ふたりの間には深い溝がある。歩は場を埋めるようにコーラを飲んだ。

「なにがどうなってこういう状態になったわけ？」

膠着《こうちゃく》状態を和らげたのは秋峯だ。彼はメロンソーダを飲んでいる。着色料で色付けされた緑色が毒々しい。

　薫はウーロン茶を飲み、事の次第をかいつまんで話す。穂波の家に泊まってお酒を飲んだこと、彼女が真夜中に家を出てしまったこと、薫が追いかけているうちに、秋峯の車が通りかかったこと。

「秋峯さんと歩も、こんな時間になにをしてたんですか？」

　時刻は一時を過ぎていた。ふたりが一緒にいる理由も見つからず、薫が訊ねると答えたのは歩だった。

「奨学金のことを秋峯さんに相談してたんだ。夜景が見えるお店に連れてってくれて、話すうちに盛り上がっちゃってさ、帰り道にドライブしてたんだよ」

「適当に市電沿いを流してたら、歩道をパジャマ姿の女の子が歩いてるわけ。危ないなって思ってたら薫ちゃんで、びっくりしたよ」

　そして車を停め合流した、というわけだ。

「大久保君は、こんな時間にどうして外を歩いていたの？」

　歩にはぶっきらぼうだった彼だが、薫が話しかけると案外素直に話した。

「勉強で煮詰まって、気分転換に散歩してたんです」

　眼鏡のつるを押し上げる指には大きなペンダコができていた。眼鏡の向こうにクマができているのが見える。コーヒーを飲み干すと、彼は新しい飲み物をとりに席を立った。

歩はその背を目で追い、そのまま駐車場に視線を向ける。穂波はまだ眠っているようだ。

「どうして穂波さんは、姉ちゃんが呼んでも気づかなかったんだろう？」

女性が真夜中にひとりで出歩く危険性を、彼女は重々わかっているはずだ。寝巻姿のまま外に出ること自体、普段の彼女から考えるとあり得ない。

薫はパジャマのポケットから、部屋で見つけた薬の殻を取り出した。

「秋峯さん。これ、何の薬かわかりますか？」

「睡眠導入剤だね」

職業柄、彼は一目見ただけで言い当てる。

薬の殻の大きさが、以前直人の白衣から出てきたものと同じだった。

「穂波はきっと、眠れなくてこの薬を飲んだんだと思います」

おそらく、ブランデーの夜も同様に。薫の言葉に、秋峯は車の様子と薬を交互に見つめた。

「ふたりでお酒を飲んだ後に？」

「そうです。今日はワインを飲んだんですけど……」

彼はそれを聞き、がっくりとうなだれた。

「アルコールが入った状態で導入剤を飲んだら、効果が増強されるんだよ」

秋峯は投薬の際に口酸っぱく言っているのだろう。しかし、穂波は薬の説明を受けたことがない。この薬は病院からではなく、七緒から譲り受けたものだった。

穂波と七緒は同じ病院でリハビリを受けていた仲間だ。おそらく、七緒は当時から導入剤の譲渡をしていたのだろう。それがいけないことだとわかっているから、おまじないとしてサシェの袋に仕込んでいた。

「薬が効きはじめるとふらつきや転倒の恐れがあるから、飲んだらすぐに布団に入るように指導するんだ。でもみんな、薬に慣れると飲んでからもテレビを見たりなにか食べたりして寝ようとしないんだよな」

仕事を思い出したのだろう、秋峯が愚痴っぽくぼやく。

「睡眠導入剤の副作用に、健忘があるんだ。薬を飲んでから寝るまでの記憶が飛んで、朝になるとなにも覚えてない。患者でも多いんだよ、食べた覚えのないお菓子の袋があったり、メールを送ったことを忘れたりさ」

薬は時に毒にもなる。

合歓木が言っていた言葉の意味を、薫はようやく理解した。

「薬が効くと頭がぼうっとして、注意力が散漫になる。穂波ちゃんは薬が効いたまま外に出たから足元がふらふらしてたし、薫ちゃんが呼んでも気づかなかったんだよ」

ブランデーを飲んだ夜も同じだ。彼女は直人と会話をしたはずだが、その内容を覚えていなかった。

彼女は薬の殻を直人の白衣に隠した。薬の服用を薫に隠すためだ。

リハビリで北星総合病院に通院していたころから、穂波は不眠の気があり、七緒から睡眠導入剤をもらっていた。その時の薬がまだ手元に残り、眠れぬ夜があるとそれを使用していたのだろう。

彼女は薬を使えば眠れることを知っていたが、睡眠導入剤は穂波自身に処方されたものではない。眠りの森クリニックでの診察時、人からもらった薬のことを話すことはできないだろう。合歓木は薬に頼らない方針のため、睡眠導入剤を処方しなかった。

もしかしたら、合歓木は穂波の隠し事に気づいていたのかもしれない。

「たぶん、目が覚めたら、今日のことも覚えていないだろうね」

駐車場の車を見つめ、秋峯は言った。

「それでいままでなにも事故が起きなかったなんて、穂波ちゃんも運がいいよ」

ワインを飲んだ今日は薫がそばにいた。ブランデーの夜には直人がいた。彼女の身を守る人がそばにいたからこそ、なにも起きなかった。

本当になにも起きなかったのか？

新しいコーヒーを持ち、大久保が戻ってくる。彼はしきりに駐車場の様子を気にしていた。

彼もまた、穂波の身にただならぬことが起きていると気づいている。テーブルを漂う重い空気に少しためらうそぶりを見せたが、やがて意を決したように口を開いた。

「あの女の人、近くのヨガ教室の先生ですよね？」

「知ってたの？」

「前にも、夜中に出歩いていたことがあったから」

新しいコーヒーを飲み、彼はそう切り出した。

○

北大受験に失敗した日から、大久保の長い夜が始まった。

啓明学院では常に上位の成績を維持し、担任から現役合格は確実だろうと言われていた。しかし、合格発表で桜が咲くことはなかった。

『近年まれに見る不作だな』

不合格に落ち込む同級生たちを見て、担任はそう一蹴した。仮にも三年間同じ時間を過ごした教え子であるはずだが、彼にとっては合格だけがすべてだったのだ。

担任の冷たい態度に落胆する同級生を見ると、落ちたと言えなかった。その場限りの嘘で受かったと言った。その愚かな嘘がいずれ露呈するのは自分でもわかっていたが、なけなしの自尊心が真実を口にすることを許さなかった。

大久保は代々続く資産家の長男として生まれた。両親は息子の不合格を隠し、近所の目を恐れて予備校近くのアパートに息子を押し込んだ。

四月。真綿で首を絞め続けられるような、長い一年が始まった。

予備校で誰とつるむわけでもなく講義を受け、知り合いに会うのが怖くて家からもろくに出なかった。後学のために一年間留学するだとか、ランクの高い大学に行きたくて勉強をしているだとか、誰に聞かれるわけでもない言い訳を必死になって考えた。

昼よりも夜のほうが勉強に集中できたが、睡魔には抗えず、深夜に近所を散歩した。

歩道に高く積みあがっていたはずの雪山がいつの間にかなくなっていた。冬の間に隠されていたごみが散乱し、煙草の吸殻が点々と落ちている。歩きたばこをした喫煙者が、雪で火を消した名残だった。

コンビニで煙草を買った。そこの店員が年齢確認をしないことを知っていた。

高校生のうちから、眠気覚ましに煙草を吸うことを覚えていた。店の外に出て、灰皿の前に立ち火をつけた。

参考書が積みあがる家に帰る気にもなれず、紫煙を吐き出していると自動ドアが開いた。

中から出てきたのはうら若い女性だった。真夜中でも煌々と明かりをともす看板の下、彼女は買ったばかりのペットボトルを開ける。

炭酸飲料を飲む横顔に、大久保は見とれていた。

彼女に見覚えがあった。予備校と同じビルのヨガスタジオに出入りするのを見たことがある。踵の高い靴を履き颯爽と歩く姿がまぶたに焼き付いていた。

今日の彼女は寝巻も同然の姿だった。春用の淡い色合いのコートの下、足もとはただのサンダル。いつもの凛とした姿はどこにもない。

しかし、美しかった。

「……煙草、おいしい？」

大久保の不躾《ぶしつけ》すぎる視線に、彼女が口を開いた。

「別に。眠気覚ましなんで」

話しかけられると思わず、返す声が上ずった。

「眠気覚ましが必要になるなんて、うらやましいな」

「眠れないんですか？」

「一度寝たんだけど、眠りが浅くて途中で起きちゃったの」

やがて彼女は歩き出し、大久保はそれに続いた。女性のひとり歩きは危ないだろうと思った。奇しくも、帰る方向は一緒だった。

その足取りがやけにふらついている。かすかに酒のにおいもする。彼女は大久保が一緒に歩くことに警戒する様子もない。毎日同じビルに通っていることは気づいていないだろう。

「大学生？　二〇歳くらい？」

「……浪人生です」

不思議と、真実が口を出た。車どおりの多い国道から、細い路地道に入る。女性が夜中にひとりで歩くような道ではなかった。

「絶対合格できると思っていた大学に落ちました」

あれだけ考えた言い訳は一切口に出なかった。彼女は歩道に点々と落ちる煙草の吸殻を見下ろし、まるで迷い子の目印のように数えながら歩いている。

「私は今日の飲み会で、元彼が職場の後輩と結婚するって聞いた」

「それは眠れなくなっても仕方ないですね」

「こんなに眠れないの、腰を痛めたとき以来だわ。久しぶりに昔使っていた薬を飲んだけど、なかなか効かなくて」

やがてマンションの前にたどり着いた。外壁は真新しく、エントランスの明かりが優しく出迎える。大久保が借りた急場しのぎの木造アパートとは全く違った。

エントランス脇にマンション専用のごみステーションがある。マナーの悪い住民がいるのか、中にはごみ袋やチラシが乱暴に積み上げられていた。

「送ってくれてありがとう。勉強、がんばってね」

「危ないから、あまり夜中に出歩かないでくださいよ」

「君こそ、まだ若いのにこんなの吸ってたらだめだよ」

彼女は大久保のコートのポケットに手を入れ、煙草の箱を取り上げた。ぎこちない指先で蓋を開け、一本くわえて一〇〇円ライターで火をつける。

はじめてだったのだろう、彼女は盛大に咳き込んだ。「……おいしくないね、これ」ろくに吸わなかった煙草を大久保に押し付け、苦々しく顔をしかめる。

「あげる。眠くなってきたからそろそろ帰るね」

そう言って、彼女はマンションのエントランスをくぐっていった。

大久保はその背を見送り、残りの煙草を吸った。マンションを見上げ、窓の明かりがともるのを待つ。しばらくすると一室で電気がつき、彼女が無事に部屋に戻ったのを確認した。

安堵とともに紫煙を吐き出し、ふと、彼女と間接キスをしてしまったと気がついた。

恥ずかしさがこみ上げ、アスファルトで踏み潰す。誰が見ているわけでもないが、証拠隠滅、とごみステーションに放った。

帰って勉強をしよう。そう自分に言い聞かせ、マンションから離れる。家に帰ればまた机にかじりつく日々が待っている。公式を思い出すだけで吐き気がした。

冷えた体に追い打ちをかけるように、風が吹いた。

その寒さをごまかすように、大久保は美しい彼女の姿を思い浮かべながら家に帰った。

○

「次の日のニュースで、近所でボヤ騒ぎがあったことを知った」

ぽつぽつと語り、大久保はコーヒーを飲んだ。

「煙草の火をちゃんと消したか、自信がない」

彼の話を、薫たちは黙って聞いていた。深夜のファミレスは陽気な音楽が流れている。他の客は深刻な話をする薫たちのことなど気にもせず、めいめい好きな時間を過ごしていた。

「いつか警察が来るんじゃないかと思った。もしつかまったら、受験どころじゃなくなる」

しかし、事件の真相が暴かれることはなかった。

彼女は——穂波は、その時のことを覚えていない。あの日の彼女もまた、睡眠導入剤を飲んでから外に出ていたのだ。

深夜に徘徊《はいかい》したことも、大久保と話したことも、帰り道を送ってもらったことも忘れてしまっている。

家に帰り寝ついた後、ボヤ騒ぎが発生し非常ベルに叩き起こされた。

記憶があるのはそこからだ。

「夜、また会えるんじゃないかと思って、時々マンションの近くを歩いていたんだ。警察に話したのか確かめたくて駆け寄った」

彼の行動が、結果、穂波の危機を救ったことになる。あと一歩でも遅れていたら、穂波は車にひかれていたかもしれない。

ボヤ騒ぎの罪は、それで帳消しにならないだろうか。人生はそんなに甘くないだろうか。

薫は秋峯を盗み見たが、彼は腕を組んで目をつぶっていた。睡魔に負けたのだろうか。

「……ざまあみろって思ってるんだろ」

すべてを話し終えた大久保が、嘲笑まじりにそう言った。

それは歩に向けて言ったことだった。

「あれだけ学校でお前のこと馬鹿にしてたのに、結局浪人でさ。笑いたかったら笑えよ。警察に言うなら言えばいいだろ」

なかば自暴自棄に、大久保は歩をにらむ。眼鏡の奥の瞳は濁り、光を失っていた。

かつての歩と同じ瞳をしていた。

「……別に、ぼくはもう、あの学校のことはどうでもいいし」

歩はコーラを飲み干したグラスをいじり、自分の嘘を悟られないよう感情を抑える。

彼が長く苦しみ、いまだ葛藤を繰り返していることを薫は知っている。けれど歩はそれを表に出さず、わざと陽気な声を作った。

「っていうか、大久保くん、なんだかんだいって穂波さんのことが好きなんでしょ？」

歩のからかいに、大久保の表情が変わった。

「普通さ、後ろめたいことがあったら、鉢合わせにならないようにするものじゃない？　マンションの通り道を歩くなんて、下心見え見え」

そう茶化し、歩は肩をすくめる。大久保はカップを持つ手を震わせ、ソーサーとぶつかる音が響いた。

その顔は燃えるように赤くなっていた。

「受験勉強で大事なときに恋愛によそ見するとか、意識が足りないんじゃない？」

「お前、言わせておけば……！」

大久保がテーブルを叩く。店内の視線を一瞬で集めたが、秋峯は依然まぶたを閉じたままだった。緊迫する空気の中、薫は二人の顔を交互に見る。車の中で眠る穂波のことも気になる。目まぐるしく視線を行き来させる姉の姿を見て、歩はくすりと笑った。

「勉強勉強じゃあ苦しくなるばかりだから、たまには息抜きも大切だよ」

歩には彼の気持ちが手に取るようにわかるのだろう。集まった視線も、それ以上騒ぎにならないと知ると次第に散っていく。歩は微笑みを浮かべたまま、大久保を見つめた。

「次のセンター試験まで長いんだからさ。気持ちの余裕も必要だよ」

歩もまた、他の人より一歩遅れていることを自覚している。それに苦しみ、もがき、いまも心の置き場を見つけられずにいる。

彼は自分に言い聞かせているようだった。

「お互いさ、楽しく勉強しようよ」

歩の笑みを、大久保は黙って見つめた。その瞳に浮かぶ怒りは消えていた。

ふたりはそれ以上言葉を交わすことはなかった。

うつむいていた秋峯の首が、がくりと落ちる。彼はそれに驚き、「ふがっ」と声をあげた。

「だめだ、寝てた」

まぶたをこすり、秋峯はあくびをする。時計の針が二時になろうとしている。

「話、終わった？　途中から全然聞いてなかった」

「終わりました。そろそろ帰りましょうか」

「さっさと帰ろう。明日から仕事なんだから」

秋峯は伝票を持って立ち上がり、みなでそれに続いた。勘定は彼が支払った。年長者ゆえしかたないが、彼は元来きっぷのいい性格をしているのだろう。

駐車場に出ると、穂波は車の中で眠り続けていた。いくら車内が広いとはいえ、窮屈な姿勢であることは変わりない。起こさないよう気をつけながら車に乗った。

「大久保くんは歩いて帰れる？」

「大丈夫です」

運転席の窓を開け、秋峯は彼と話す。大久保はしばし悩むそぶりを見せ、口を開いた。

「あの、さっきの話……」

「ごめん。俺、途中で寝てたから聞いてなかったわ」

そう返す彼ははたしてどんな表情を浮かべているのか、薫は後部座席から想像する。日がな寝坊助を叩き起こしている薫は、彼が狸寝入りをしていたことに気づいていた。

しかし、大久保はそれで納得したらしい。安堵の息をつく彼に、歩が助手席から声をかける。

「また、トラットリアにごはん食べにおいでよ」

大久保は何も言わなかったが、その瞳はかすかに微笑んでいるように見えた。

草木も眠る丑三つ時、秋峯の車がコーポ空田の駐車場に停まった。

近隣の住民に迷惑がかからないよう、物音に気をつけながら車を降りる。薫は声をひそめてお礼を言った。

「秋峯さん、ありがとうございました」

「なんもだよ。穂波ちゃんのこと、どうする？　部屋まで運ぼうか？」

穂波は相変わらず眠りの中にいる。有間家に連れていきたいところだが、人ひとり抱えて階段を上るのは大変だ。ひそひそと話していると、空田治療院の扉が開いた。

「あんたたち、こんな時間になにしてるのよ」

直人は治療院に泊まっていたらしい。車の音に敏感に反応したのだろう。眠っていたところを起こされて、明らかに機嫌が悪かった。

「近所迷惑よ、少しは考えなさい」

「直ちゃん、これにはわけがあって……」

薫が間に入るが、直人は聞く耳も持たず車につめ寄る。そして中で眠る穂波に気づくと、誰よりも大きな声をあげた。

「どうしてこの子がここにいるわけ？」

「ちょっと、ひとりで眠らせているのが不安で」

「こんな姿勢で寝たら、また腰を痛めちゃうわよ」

直人は軽々と穂波を抱き上げた。その筋肉は飾りではない。

「運んじゃうから、さっさと家の鍵あけて」

歩が階段を駆け上り、鍵をあけた。直人は穂波を抱えたまま階段を上る。

「なにがどうしてこういうことになったわけ？　なんでいつもアタシだけ仲間外れなのよ」

ぷりぷりと怒っているが、穂波を起こさないよう細心の注意を払っている。秋峯も二階に上がったが、そそくさと自室の鍵をあけた。

「じゃあ、薫ちゃん、おやすみ」

「おやすみなさい」

直人のお小言に巻き込まれる前に、さっさと退散するが勝ちだ。

来客布団を敷く時間がなく、穂波を薫のベッドに運んだ。直人は最後の最後まで彼女を優しく扱い、掛け布団をそっとかける。

「……それで？　何があったのか、ちゃんと説明してくれるわよね？」

言葉の端々に、彼の圧を感じる。寝起きの直人はただでさえ機嫌が悪い。薫は誤魔化すのをあきらめ、かくかくしかじかと事情を説明した。

「起きたらわたしの部屋にいて、穂波もびっくりすると思う」

「でも、それぐらいのことがないと、記憶がなくなってることを自覚できないかもね」

わりにあっさりと、直人は言った。睡眠導入剤の健忘という副作用に関しては、「そういうことがあるのねえ」と感心するばかりだ。

「それじゃあ、この間のことも覚えていないのね」

「たぶん……」

「それはそれで寂しいわね」

穂波はすやすやと眠っていた。寝顔を見つめる直人が、彼女の頭を撫でる。

そのまぶたが、ぴくりと動いた。

深い眠りに落ちていたはずの穂波が、目を覚ます。自分がどこにいるのかなにも気づいていないようだ。視線をさまよわせ、やがて自分をのぞきこむ直人に気がついた。

「……直人さん？」

「お目覚めね、お姫様」

彼女は頭を撫でていた直人の手を握った。

「好きです」

小さな声で、けれどはっきりと、彼女は言った。

穂波はまどろみの残る瞳で想い人を見つめている。直人は驚き目を見開いたが、手をふりほどくことはなく、たっぷりの時間をかけ返す言葉を探した。

「……アタシは、あなたが思ってるような男じゃないわよ」

「わかってます。でも、やっぱり好きなんです」

その声には意思がこもっている。決して寝ぼけているわけではない。真摯なまなざしを受け、直人は床に膝をついて目線を合わせた。

「迷惑なのはわかってます。だから返事もいらないです。そのかわり、私のお願いをひとつだけ、聞いてもらえませんか？」

「……お願い？」

唇を震わせ、穂波はまぶたを閉じた。

「もう一度、おやすみって言ってほしいんです。直人さんが言ってくれた日は、安心してぐっすり眠れるから」

その頬が赤く染まっている。彼女は握っていた手を離し、胸の前で自らの手を組んだ。

「一度だけでいいです。あとは、ひとりで眠れるようになりますから」

規則正しく呼吸し、胸が上下に動く。表情には緊張の色が浮かんでいる。直人は何も言えぬままその顔を見つめた。

彼が動き出すまでに、すこしの時間がかかった。

「……おやすみ、穂波」

子どもを寝かしつけるように、彼はその額にキスをした。

「今日は特別に、目が覚めるまでそばにいてあげるわ。そうしたら安心して眠れるでしょう？」

穂波の目尻を、一粒のしずくが伝う。

「朝になったら、ちゃんとおはようって言ってあげるから」

約束よ、と直人はそれを指で拭った。

絵本のようだと、薫は思った。

魔法使いの呪いはない。目覚めのキスもない。眠り姫とは真逆の物語だ。

眠れないお姫様のために、王子様が魔法をかけている。

自らが望んだ眠りの世界に落ちていく穂波は、おとぎ話のお姫様のような、安らかな寝顔を浮かべていた。

エピローグ

夢を見た。
緑色の夢だった。
薫は森の中にいた。
うっそうと生い茂る緑が、うたうように梢を揺らしていた。
ここはどこだろう。薫はあてもなく森の中を歩いた。
やがて、森の中にベンチが見えた。誰かがそこに座っている。
白い服を着たその人は、森の木々に囲まれすやすやと眠っていた。
この人のことを知っている。薫はそう思った。
いつもなら出てこない名前。
しかし自分は、この人の寝顔をよく知っている。

午前四時をまわると、空が次第に白み始めた。

「姉ちゃん、こんな時間にどこ行くんだよ」

アパートを抜け出した薫を、歩が玄関から呼び止めた。

「……ごめん、起こしちゃった？」

「足音でバレバレだからね」

なるべく静かに歩いたつもりだが、やはりコーポ空田の壁は薄い。階段を下り終えた薫は、歩が追いかけてくるのを待った。

アパートはどの窓も明かりが消え、みながまだ夢の中にいることを物語る。二〇二号室の秋峯も今ごろ爆睡しているに違いない。

薫が路地裏を歩き出すと、歩も後ろに続いた。

「なんだか眠りが浅くって。頭が興奮してるみたい」

「ぼくも直ちゃんのいびきがうるさくて眠れなかったよ」

一度は目を覚ました穂波だが、またすぐに眠ってしまった。直人も有間家に泊まることになり、来客布団を用意したのはいいが、布団は全部で三組しかない。ベッドで安眠をむさぼる穂波に窮屈な思いをさせるのもはばかられ、来客用の布団を薫が使い、歩の布団に男ふたりが眠るという暑苦しい図になった。

薫は多少まどろみはしたが、途中で目が覚めてしまい、布団から抜け出した。今日はもう眠れないだろう。お酒もすでに抜けている。

新聞配達のバイクのエンジン音が遠く聞こえる。住宅街にも朝が訪れようとしている。薫が履き慣れたスニーカーで歩くと、歩も当然のように国道までついてきた。

「もう明るいし、ひとりでも大丈夫だよ？」

薫が振り向くと、歩は首を横に振った。

「足、痛いんでしょ。歩き方が変だよ」

寝不足で充血した目が、薫の足もとを見つめる。普通に歩いていたつもりだが、彼にはお見通しだったらしい。

「転んだときに捻ったんでしょ。無理したら腫れるよ？」

「大丈夫だと思ってたんだけど、だんだん痛くなってきた……」

ヒールが折れるほどに激しく転倒したのだから、足首に負担がかかって当然だ。しかし、薫はいまのいままで、その痛みを忘れていた。

「歩けるくらいだから骨は大丈夫だろうけど、あとで直ちゃんに診てもらいなよ」

昨日のレッスンの筋肉痛が追い打ちをかけるように足取りを重くする。それでも歩くのをやめない姉を見て、歩は追い越し、歩道の上にしゃがんだ。

「ほら、乗って」

ため息混じりに、彼は言った。

「いいよ、重いから」

「そんな足で歩かれるほうが心配だから」

車通りの多い国道は、早朝にもかかわらずたくさんの車が走っている。追い抜きざま不躾な視線を浴びせるドライバーが多く、薫はしぶしぶその背に身体を預けた。

「……重い」

「だから言ったじゃない」

背中の上で抗議するも、歩はあっさりと立ち上がった。薫はずり落ちそうになり、首に腕を回してしがみつく。

目線がいつもより高くなった。五センチのヒールよりも視界が開ける。歩が歩きはじめ、その安定感に強張っていた力が抜けた。

彼は薫の行き先に気づいているのか、来た道を戻らず、藻岩山へと続く国道を歩く。

「……あのパンプス、買ったばかりだったのに」

失った靴を思い出し、薫はぼやく。買ってからまだ一度しか履いていない。派手に転倒した姿を覚えていたらしく、歩は声に出して笑った。

「気に入ってるデザインなら、修理に出せばまた履けるんじゃない？」

「修理に出すくらいなら、新しいものを買ったほうが早いかも」

「姉ちゃんのそういうの、安物買いの銭失いって言うんだよ。冷蔵庫と同じじゃん」

顔が見えないのをいいことに、歩の言葉は容赦ない。薫は言い返せず、背中の上でしょんぼりと頭を垂れた。

「ぼく、今月いつもよりたくさん働いたからさ。お給料が入ったら新しい靴見に行こうよ」

「無駄遣いしないで、ちゃんと貯金して。自分のものは自分で買うから」

「冷蔵庫のときもなにもできなかったんだから、こういう時ぐらいなにかさせてよ」

坂道にさしかかり、歩のペースが少しだけ落ちる。

「昨日、秋峯さんに奨学金の相談に乗ってもらって、お金の心配は減ったよ。交通遺児育英会のほかにも、いろんな基金があるんだね」

昨夜のドライブで歩は秋峯に心を開いたらしい。薫を背負いながら、秋峯の苦学生時代の話を熱心に語る。心臓破りの坂道を登り続けているが、体力があるのか彼の息は切れることはなかった。

「やっぱり、進学したいと思う？」

薫が訊ねると、歩はすこし、沈黙した。

「ぼくは料理が好きだから、卒業してトラットリアで働くのもひとつの道だと思う。でも最

「ぼく、ナナが作ってくれたごはんで背が伸びたでしょう？　食べているものが自分の身体を作っているんだなって思ったら、栄養学に興味が湧いてさ。自分が作る料理を食べてもらうなら、その人の身体のためになるものにしたいなって思ったんだ」

彼はいつの間に、そんなことを気にするようになっていたのか。

「前はさ、同級生や担任を見返すために進学してやるって思ってた。でも、大久保くんも他のみんなも、ぼくと同じように悩みながら勉強してたんだね」

大学受験に失敗し、悔しい思いをしながら滑り止めの学校に入学した女子生徒。次こそは受からなければと、苦しみながら浪人生活を送っている大久保。歩が高校を編入してからも、みなには等しく時間が流れていたのだった。

「いまは、自分のために、もう一度勉強をしてみたいと思うんだ」

歩が長く縛られていた少年時代は、もう、過去のものになっていた。

坂道が続き、次第に歩の息が切れ始める。けれど薫を降ろそうとはせず、一歩一歩踏みしめるように登った。

「このまま就職したら、どうしてあのとき頑張らなかったんだろうって後悔すると思う」

近、勉強したいと思っていることがあってさ」

ずり落ちた薫を背負い直しながら、歩は言った。

うつむいていた視線をあげ、歩は坂の上を見つめた。

「だから、逃げずにチャレンジしてみたい」

赤レンガの正門まであと少し。ずり落ちた薫を抱え直し、歩く。薫はなにも言えぬまま、その背に身体を預けていた。

いつの間に、こんなに大きくなったのだろう。

広い背中が頼もしい。歩は自分の人生を歩き出そうとしている。

けれどそれが、少しだけ、寂しい。

「姉ちゃんも、ぼくのことは気にせず自分のことを大事にしてね」

門をくぐり、歩は薫を降ろしながら言った。

「新しい靴を買って、一緒に歩く人を見つけてよ。転んで足をくじいた時に、おぶってくれる優しい人をさ」

柔らかな芝生が足の痛みを和らげる。薫は小生意気に笑う歩を軽く小突いた。

「卒業するまではまだ高校生でしょ」

「そうです。だからもうしばらくはお世話になります」

コーポ空田で暮らしはじめたころは、歩はまだ小さな子どもだった。けれど今では薫が見上げるほどに大きくなっている。背が伸びず、女の子に間違えられていたころの面影も、もうほとんど残っていない。

　彼の背に、夜明けの空が広がっている。雲ひとつない晴れやかな空だった。

「ところで、こんな時間に来ても、先生寝てるんじゃない？」

「そうなんだけど、どうしてもここに来たくなって」

　眠りの森クリニックは明かりがついていなかった。夜明けを迎えたとはいえ、まだ眠る人の多い時間だ。薫は歩の手を借りながら庭を歩き、建物に向かった。

　穂波の不眠を解決するきっかけが、ようやく見つかった。火事の原因がわかれば彼女の不安も解消される。睡眠導入剤の服用を隠していたことも判明し、合歓木も治療計画を立て直すことができるだろう。これから少しずつ、快方に向かっていくのを願うばかりだ。

　不思議と、もう大丈夫だろうと思う気持ちがあった。穂波自身もまた、過去にとらわれていた自分を変えようとしている。新しい恋心とともにこれからの道を前向きに歩んでいけるだろう。

　薫にもまた、新しい道が待っているのだろうか。

　クリニックをのぞくと、休憩室に合歓木の姿があった。

「先生ったら、こんなところで寝て……」

　窓際の椅子に座り、頰杖をついて眠っている。夢で見た寝顔と一緒だった。

彼の名前を、今の薫ならはっきりと呼べる。

「合歓木先生、起きてください」

こんこん、と、窓ガラスを叩く。

「そんなところで寝たら、身体を痛くしますよ」

窓ガラス越しに声が届いたのか、合歓木がぴくりと反応した。

閉じられていたまぶたが、ゆるやかに持ち上がる。

その瞳が、まっすぐに薫を見つめた。

「……薫ちゃん？」

彼の唇が動く。薫はまばたきをするのも忘れて、その瞳を見つめた。

吸い込まれそうな、綺麗な瞳だった。

胸がざわめく。この瞳をいつまでも見ていたいと思う。

わたしはこの人のことが好きなのだ。

薫はそれに気がついた。

「おはよう、いい朝だね」

合歓木の唇が新しい一日の始まりを告げる。

西の空に、明けの明星が輝いていた。

この作品は書き下ろしです。原稿枚数406枚（400字詰め）。

眠《ねむ》りの森《もり》クリニックへようこそ

〜「おやすみ」と「おはよう」の間《あいだ》〜

田丸久深《たまるくみ》

平成31年2月10日　初版発行

発行人——石原正康
編集人——袖山満一子
発行所——株式会社幻冬舎
〒151-0051東京都渋谷区千駄ヶ谷4-9-7
電話　03(5411)6222(営業)
　　　03(5411)6211(編集)
　振替00120-8-767643
印刷・製本—図書印刷株式会社
装丁者——高橋雅之

幻冬舎文庫

ISBN978-4-344-42833-1　C0193　た-64-1

幻冬舎ホームページアドレス　http://www.gentosha.co.jp/
この本に関するご意見・ご感想をメールでお寄せいただく場合は、
comment@gentosha.co.jpまで。